Guido Marangoni

Siamo fatti DI-VERSI perché siamo poesia

Una buona notizia al giorno

Introduzione di *Elisabetta Soglio*

Prefazione di *Enrico Galiano*

CAIRO

ISBN 978-88-309-0571-9
Prima edizione: ottobre 2025

Sommario

Introduzione
di Elisabetta Soglio

Le storie più belle cominciano da un incontro non programmato. E spesso basta uno sguardo per capire che quell'incontro non finirà lì. Tornate con me al settembre 2017, nella comunità accogliente di San Patrignano. Di lì a poco sarebbe uscito in edicola il primo numero dell'inserto *Buone notizie* del *Corriere della Sera*: un esperimento editoriale, che prosegue ancora oggi, voluto per raccontare l'impresa del bene, l'energia e la passione di chi non si ferma ai problemi ma prova a risolverli cercando di contribuire alla costruzione di una società più coesa, solidale e giusta. Guido Marangoni, il nostro Guido, mi si era parato davanti con il suo sorriso così bello: «Anche io faccio buone notizie!».

Da quel giorno, sorriso dopo sorriso, parola dopo parola, abbraccio dopo abbraccio, siamo arrivati fino a qui. Anna, la figlia più piccola di Guido e Daniela, la sorella adorata di Francesca e Marta è diventata una buona notizia nelle nostre buone notizie. Quando i medici dissero ai genitori di aver diagnosticato la sindrome di Down, la risposta di Daniela fu: «Ma è maschio o femmina?». Perché quello che conta prima di ogni nostra abilità o disabilità, fatica o insuccesso, è che siamo persone e che ogni persona va guardata proprio con questo sguardo. Anna era la «testimonial» migliore che potessimo augurarci: senza pietismi, buonismi e altri «ismi», ma con quella faccia dolce e birichina scelta per una copertina di *BN* che ha conquistato noi e i lettori. Non potevamo fermarci lì e *Buone notizie secondo Anna* è diventato appuntamento settimanale fisso: poche righe per una riflessione stimolata dalle frasi di Anna, da un suo commento, da una paura, da una festa, da un evento. Anna ci invita e quasi ci costringe a ragionare e vivere partendo da un altro punto di vista, il suo: quello di una ormai ragazzina che con spontanea semplicità e semplice spontaneità riesce sempre ad arrivare al punto che a noi sfugge, distratti dalla frenesia della quotidianità. Alcuni di questi pensieri, di questi sguardi vorremmo non andassero dispersi e potessero accompagnare le nostre giornate con una leggerezza che potrebbe arrivare diritta al nostro cuore. Per questo abbiamo voluto custodire le buone notizie di Anna in questa preziosa raccolta. Che, siamo sicuri, può rendere più lievi (e migliori) anche noi. Basta un momento al giorno...

Prefazione
di Enrico Galiano

Ci sono libri che si leggono come una corsa: veloci, affannati, col fiato corto.

E poi ci sono libri che si leggono come una passeggiata: lenti, con la voglia di fermarsi ogni tanto a guardare meglio un albero, una pietra, una crepa sul muro.

Questo è un libro del secondo tipo. Un libro che non va divorato, ma assaporato.

Perché dentro non troverete trame complicate o colpi di scena mozzafiato, ma qualcosa che oggi sembra perfino più raro: la bellezza delle buone notizie.

E qui permettetemi una parentesi personale. Guido lo conosco, ed è una delle persone più pure che abbia incontrato. Ha ancora lo sguardo di un bambino: non quello ingenuo, ma quello capace di meravigliarsi, di commuoversi, di sentire la vita da vicino. È da lì, da questa capacità rara, che nascono le pagine che state per leggere: dal desiderio autentico di condividere non solo storie, ma possibilità.

E allora sì, qui si parla di diversità, di fragilità, di quelle parti di noi che spesso pensiamo siano difetti, ma che invece – se le ascoltiamo bene – sono proprio le nostre poesie.

Il titolo ce lo sussurra già: siamo fatti di-versi. Non «difettosi», non «sbagliati»: di-versi. Ognuno con il suo ritmo, la sua rima, la sua voce.

Mi piace pensare che questo libro possa diventare un sentiero. Come i sassolini di Pollicino che Guido immagina. Un sentiero che ci riporta a casa, quando ci perdiamo nel rumore del mondo che ci vuole tutti uguali, tutti performanti, tutti perfetti.

Pagina dopo pagina, storia dopo storia, ci ricorda che siamo un po' come mosaici: è nelle linee storte, nei colori spaiati, nelle tessere imperfette che si rivela la bellezza dell'insieme.

E allora, care insegnanti, cari educatori, cari

ragazzi: non trattatelo come un libro «da finire». Trattatelo come un compagno di viaggio. Apritelo quando vi serve una piccola luce. Leggetelo ad alta voce in classe quando c'è bisogno di smontare un pregiudizio. Usatelo come specchio, o come finestra, a seconda dei giorni.

Perché alla fine, più che un libro, questo è un invito. A ricordarci che la vita non è solo cronaca nera, che dietro ogni ferita c'è sempre la possibilità di un canto, che siamo – davvero – fatti di versi.

E che la poesia non è roba che sta nei libri di letteratura.

La poesia siamo noi, ogni volta che troviamo il coraggio di guardare la fragilità non come una mancanza, ma come il nostro modo unico di splendere.

SIAMO FATTI DI-VERSI
PERCHÉ SIAMO POESIA

A te che, anche in mezzo alla tempesta,
continui a cercare le buone notizie

PRENDERSI CURA

1

Quando qualcuno dice «Ahi», anche solo per essersi semplicemente punto, Anna accorre, gli prende la mano e, con la formula magica «*'Acino* sulla bua», schiocca un bacio sul dito, poi guardandolo sussurra: «*'A ene?*». Ammettiamolo: il dolore non passa, ma quel prendersi cura ci trasforma. La ricerca della cura lasciamola a strepitosi ricercatori e ai loro metodi scientifici rigorosi, ma la buona notizia è che ognuno di noi può fare ricerca e praticare il «prendersi cura», che spesso è molto più potente di qualsiasi cura.

2

Anna si illumina di curiosità quando,
mettendosi le manine in bocca e urlando
«*iiii*...», mi chiede di fischiare con le dita.
Me l'ha insegnato un'amica da ragazzo e, a
costo di qualche sputacchiata, mi ha fatto
fare pace con un altro fischio: un terribile
acufene che mi urla nell'orecchio. Dopo
numerosi tentativi per cacciarlo ho scoperto
che l'unica cura è imparare a conviverci.
Sorrido perché scoprire che «la cura è
conVivere» potrebbe risolvere innumerevoli
problemi del genere umano.

3

Ogni genitore ha pensato almeno una volta: «... E dopo di me, chi si prenderà cura?». Se poi c'è una disabilità del figlio, questa domanda non lo abbandona più. Il «dopo di noi» è un pensiero talmente profondo che a volte fa paura ma, come spesso accade nelle paure, se affrontate insieme possono trasformarsi in buone notizie. Quel «dopo» è carico di «adesso» e quel «noi» non riguarda altri. La parola «caregiver» sembra non appartenere a tutti, ma è «colui che si prende cura». Se inneschiamo il circolo virtuoso del prendersi cura di chi si prende cura forse un giorno, non troppo lontano, quel cerchio si chiuderà e ci sarà qualcuno che si prenderà cura di noi. Il «dopo di noi» è un «durante noi», tutti noi, qui e ora.

4

Con Anna abbiamo piantato dei semi ricevuti
in dono da alcuni studenti come
ringraziamento per la nostra condivisione, una
bella metafora della scuola che fa bene. Ho
sempre immaginato gli insegnanti come dei
pazienti contadini che seminano qualcosa che
fiorirà nel futuro, e mai come ora osservo con
gratitudine chi dedica la vita all'educazione
delle donne e degli uomini di domani. Ci
penseranno i ragazzi a far germogliare i semi
ricevuti, noi prendiamoci cura dei seminatori.

5

«Non ce la faccio» ho bisbigliato cercando di aprire un vasetto di conserva. Anna si è avvicinata e, abbracciandomi la gamba, mi ha rassicurato: «Dai, Guido. Ce la fai. Sei bravo». Con un gesto e poche parole, imparate da chi le vuole bene, è riuscita a sintetizzare quello che tutti cerchiamo per una vita intera: essere riconosciuti, incoraggiati e coccolati. Non sono riuscito ad aprire il vasetto, ma ci avrei riprovato.

6

In passeggiata con Anna abbiamo incontrato
una coppia di vicini. La signora ha esordito
lamentandosi di tutto: salute, caldo,
guerra... «Ma come possiamo fare?» ha
concluso con le mani giunte. «Coccole» ha
risposto Anna. «Dai» ha proseguito
prendendo la mano del signore e portandola
sulla mano della nonna brontolona: «Fate
coccole». Meravigliati e commossi per un
gesto che forse non si concedevano da
tempo si sono rinfrescati con una sana
risata, mentre Anna sembrava dire: «Le
coccole non bastano, ma aiutano».

7

Come a ogni genitore, mi capita di sgridare Anna per qualche capriccio. Lei non si giustifica, ma racconta le sue emozioni. «Sono triste» mi ha sussurrato con gli occhi lucidi. Rimango molto colpito perché non sono mai risposte al mio rimprovero, ma sempre ragioni del capriccio. Nel conflitto è davvero complicato mantenere l'attenzione su ciò che conta, ma il suo abbraccio semplifica tutto. Sì, perché tutti, prima delle ragioni, abbiamo bisogno di sapere che, al di là di ogni dubbio, qualcuno ci vuole bene.

8

Anna ha scritto la lettera a Babbo Natale. Ricordo che da bambino, spiando dalla serratura di uno sgabuzzino stranamente chiuso, scoprivo una verità a forma di bici che avrei ritrovato sotto l'albero. Ero deluso perché il supereroe dalla barba bianca esisteva solo dove lo avevo immaginato, ma ero felice perché quel supereroe lo sarei diventato anch'io. Babbo Natale non è una bugia per i bimbi, ma una verità per gli adulti: a fare bene il bene non ci penserà qualcun altro, ma abbiamo una generazione che attende un bene che puoi fare solo tu.

9

Quando nelle scuole racconto di Anna cito sempre la «potenza della fragilità» e, puntualmente, i più coraggiosi mi fanno notare l'incoerenza: una bella frase per nulla reale. È allora che prendo due scatole uguali, ma una delle due con la scritta FRAGILE, e chiedo: «Con quale delle due ci mettereste più cura?». La risposta è nei loro occhi ed è proprio la narrazione che la scatola fa della sua fragilità ad attivare la nostra cura. Questo è davvero potente e... se ce la fanno le scatole, possiamo farlo anche noi.

10

Ricevo una foto di un vecchio libro e un
messaggio: «Qui, papà Guido, hai iniziato a
giocare con le vocali, le consonanti, le sillabe,
le parole, le frasi, i racconti, le poesie...». Mi
commuovo perché a scrivere è la mia maestra
di prima elementare, che Anna mi ha fatto
rincontrare. Cari insegnanti, quando il vostro
seminare diventa faticoso e lo sbocciare
sembra lontano non dubitate mai della cura
che donate ai ragazzi. Forse come nessun altro
lascerete un segno e quel niente che sembra
accadere è solo l'attesa della primavera.

11

Con Anna ci divertiamo a giocare con le letterine colorate e senza pensarci mi sono trovato a scrivere la parola «sguardo». Forse perché, anche se faccio finta di niente, alcuni sguardi fanno ancora tanto male. Sembrano sguardi che non guardano. Quella bella S verde me la sono messa in tasca e la porto sempre con me per ricordarmi che in ogni incontro posso trasformare il mio «sguardo» in un «guardo» che fa bene.

12

In mezzo alle corse di tutti i giorni mi trovo spesso a pensare a come sarò felice quando raggiungerò un risultato o realizzerò un progetto. Altre volte mi incanto nel ricordare com'ero felice quando ero un po' più giovane e le energie erano molto diverse. Poi arriva Anna che mi chiede di stare con lei e di fare le coccole. Non lo racconta come un ricordo o lo desidera come un obiettivo che raggiungerà. Lo chiede *adesso*, proprio in quell'attimo dove si nasconde la felicità.

13

Anna ci sorprende a fissare terribili immagini che dal tg scorrono veloci. Il mio dito non è altrettanto veloce a proteggerla da quel mare così scuro e da quella disperazione così buia. Un piccolo viene preso in braccio da un soccorritore. «Cucciola» urla mentre ci imita quando la coccoliamo. «Dov'è la sua mamma?» chiede. Riesco solo a spegnere la tv sussurrando «La stanno cercando», mentre una lacrima svela la mia bugia. Non credo capisca, ma mi abbraccia per proteggermi da quel mare così scuro e da quella disperazione così buia.

14

«Attento, un fiore!» Anna blocca il mio passo distratto e veloce mentre passeggiamo in un parco. Come una scatola con la scritta FRAGILE intercetta la mia cura, ma poi aggiunge bellezza alla sua narrazione. Abbiamo proprio bisogno di ascoltare una giovane generazione che, raccontando la fragilità delle persone, dei territori e dell'ambiente, ci cambi mente, cuore e azioni. Fatevi sentire, giovani *fragiletellers*!

15

Osservando i bambini nelle relazioni è evidente come una piccola creatura che ha ancora fresca in sé l'esperienza della cura la ricerchi nei momenti di difficoltà. Anna lo fa raccontando la «fatica», cercando «coccole», chiedendo «aiuto» quando non si sente all'altezza. È un'arte facile da smarrire tra i sentieri delle nostre prestazioni, ma che possiamo allenare con fantasia e creatività. Quando riconosci questa dinamica nelle persone è anche possibile scorgere dove si nasconde la felicità.

16

Dopo un mio rimprovero, Anna si è
allontanata col volto triste. «Che succede?»
chiede mamma. «Il cuore si è rotto» risponde
con gli occhi velati. «Lo puoi aggiustare.
Chiedetevi scusa.» Mi viene incontro.
«Scusa... Coccole.» Un tradimento, una morte
del cuore, un gesto d'amore e una rinascita:
la narrazione più semplice e potente di una
santa settimana.

17

Con Anna e le sue sorelle ho un patto segreto: il pulsante dell'abbraccio. In ogni momento le mie figlie possono premere sul petto di papà per ricevere un abbraccio. E così, anche a vent'anni, puoi sentirti autorizzata a premere un pulsante di emergenza. A volte non dover usare parole per chiedere può diventare una grazia e l'emergenza c'è: chiede meno parole e più abbracci.

18

Uno dei giochi preferiti di Anna è «il
dottore». Con la sua valigetta carica di finti
stetoscopi, termometri e cerotti è senza
dubbio un gioco che fa provare la medicina
più potente: la cura. Mi colpisce come inizia il
gioco la «dottoressa Anna»: «Ti stavo
aspettando». L'avrà respirato in qualche visita,
ma sentirsi accolti è senza dubbio la parte
della cura che funziona meglio.

19

Samuele è un piccolo amico di Anna, anche lui con trisomia 21. Suo padre non c'è più, se l'è portato via un maledetto tumore. Vederlo crescere nell'amore della mamma mi invita a far pace con la vita. Quando ci vediamo mi chiama «papà», come fa con tutti gli uomini che cerca e incontra, creando quel sano imbarazzo. All'inizio provavo a correggerlo, ma ora mi lascio delicatamente correggere da lui. La verità è che dovremmo essere tutti mamma e papà dei bimbi che incontriamo, proprio come dice quel proverbio africano: «Per crescere un bambino ci vuole un intero villaggio».

20

Se Anna dovesse riscrivere la Convenzione sui diritti dell'infanzia lo farebbe con una sola parola: «coccole». Una sintesi perfetta di ciò che i bambini di tutto il mondo desiderano: amore e protezione. Proprio le parole che ha scelto papa Francesco, trasformandole in invito, per salvare e salvarci con l'unico vero presente e futuro che abbiamo: amiamoli e proteggiamoli.

21

Anna nota nel volto della sorella un momento di stanchezza. Potrebbe essere niente o qualcosa di importante, ma non fa domande. Prende un foglio, qualche colore e disegna una candela accesa. Scrive: «Coraggio, Francy». C'è tutto in quel «mi sono accorta di te» a forma di luce e cuore. Una sola cosa, però, conta davvero: lo ha condiviso, e questo possiamo farlo tutti, sempre.

22

Anna, con il sorriso e la fatica di chi raggiunge la cima di un monte, riceve la pagella. La leggiamo insieme, ma non ci sono numeri, solo parole: entusiasmo, motivazione, partecipazione, relazioni positive. Mi incanto e penso a una filastrocca del caro Rodari: «Quando imparavi ad andare in bici e cadevi, la mamma ti dava quattro o ti metteva un cerotto?». Che bella cura, i cerotti colorati di insegnanti innamorati.

23

Con l'inizio della scuola le maestre di Anna hanno proposto un cartellone con disegnato un muro in costruzione, dove ogni studente poteva suggerire il proprio mattone per fabbricare insieme la classe nel nuovo anno. Io avrei risposto come la maggior parte dei bambini, che hanno declinato la richiesta con il fare: studiare, pensare, scrivere, calcolare… Riconosco un po' di ansia da prestazione che accompagna le mie attività quotidiane, delicatamente frantumate dal mattoncino di Anna: «Dare gioia».

24

Estate, tempo di centri e campi estivi,
dove le disabilità si mettono di traverso
amplificando difficoltà che troppo spesso
fanno rinunciare. Non solo chi organizza,
ma anche chi affida. In mezzo c'è la paura
di non avere le risorse e il timore di non
trovare accoglienza. La buona notizia c'è,
ma si nasconde nella fatica che genera,
dove si ferma la certezza e inizia la fiducia.
All'incrocio di «non sappiamo come,
ma ci prendiamo noi cura» e «non sappiamo
come, ma ci fidiamo di voi e di Anna».

25

Ci troviamo spesso a riprendere Anna con la frase «Hai ascoltato?», per aiutarla quando ci rendiamo conto che non ha capito quello che le viene detto semplicemente perché non ha ascoltato. Un richiamo semplice, che però mette in evidenza una dinamica importante per ognuno di noi: ascoltare è faticoso. L'ascolto non ha necessariamente a che fare con il «sentire», e forse neanche con il «capire». L'ascoltare ha sempre a che fare con gli altri e la verità è che raramente cerchiamo risposte, ma desideriamo qualcuno che ascolti con gli occhi pieni di incanto le nostre domande.

MI FIDO DI TE

26

Quando Anna non riesce a fare qualcosa mi guarda negli occhi e dice: «Ti aiuto?». Quella domanda, che ancora non riesce a declinare correttamente, rivela la grande dote del saper chiedere sostegno. L'orgoglio la considera una debolezza, ma quando chiediamo aiuto siamo automaticamente sintonizzati sulle richieste di aiuto altrui. Un circolo virtuoso e potente, dove quel «Ti aiuto?» di Anna per dire «Mi aiuti?» non è poi così sbagliato.

27

Spesso non capisco le parole di Anna e leggo lo sconforto nei suoi occhi. Ma lei riprova, perché sa esattamente quello che vuole dirmi e vuole che io lo capisca. È facile cedere alla tentazione di rinunciare da parte sua e di sostituirmi al suo pensiero da parte mia. La verità è che le persone con disabilità sono perfettamente in grado di autorappresentarsi. Ci chiedono solo di allenare la confidenza: «Io mi fido di te e tu ti fidi di me». Non la può insegnare nessuno, ma la possiamo provare tutti.

28

Dopo la favola della buonanotte e prima di lasciare Anna tra le braccia di Morfeo ci teniamo la mano al buio. Ci penso sempre in questo momento: devi lasciarti prendere dal sonno, devi abbandonarti... fidarti. I bimbi sono grandi docenti di fiducia. Non perché più bravi, ma perché hanno la memoria più fresca di quell'abbraccio materno dove fiducia e tenerezza combaciano. Forse per riacquistare fiducia dovremmo solo dedicarci di più alla tenerezza.

29

Anna riconosce molto chiaramente ciò che la
rende felice e lo chiede, per esempio le
coccole. Non è un potere «speciale», sono
abilità che hanno tutti i bambini, che poi
perdiamo crescendo. Come mai? Forse perché
ciò che ci fa star bene riguarda sempre gli altri
e ci manca quella sana confidenza (con-
fiducia). «Chiedi tu coccole» mi invita Anna,
trovandomi poco allenato alla fiducia. Forse
abbiamo semplicemente bisogno di un
«coccole trainer».

30

«Non ci riesco.» Questa è la frase che utilizza Anna quando incontra qualche difficoltà. A volte le basta una piccola indicazione, ma uscire dalla dinamica dell'orgoglio è molto faticoso. L'unico modo che abbiamo di riuscire è ri-uscire e fidarci. Quando Anna lo fa, la frase che le illumina il viso e la fa ripartire è «Adesso me, ma insieme». Questa nostra ripartenza ci chiede fiducia nelle indicazioni. Ora più che mai «adesso me, ma insieme» ci può salvare.

31

Come tutti i bimbi, Anna ama i rituali della sera, ma prima di addormentarsi ed essere inghiottita dal buio della notte esplicita un timido «*Paula*». Anna la paura la combatte con le coccole, ama ascoltare le storie perché raccontano che il sole tornerà e ama tenersi per mano prima di addormentarsi perché sa che, anche se dovrà affrontare la notte da sola, non sarà sola. Ho contemplato spesso quel momento, dove immersi in ciò che ci fa paura cerchiamo quella forza che, anche se nascosta dentro di noi, solo gli altri sanno indicarci. Desideriamo tutti quelle coccole e il racconto dell'alba che verrà, Anna ha solo la forza di saperlo chiedere.

32

Ho scritto il libro *Anna che sorride alla pioggia*, ma ultimamente Anna è terrorizzata dai temporali e quindi dalla pioggia. Ogni volta che tuoni e lampi accendono il cielo, Anna, con lo sguardo pieno di paura, cerca i miei occhi per chiedere aiuto. L'istinto di papà, mai abbastanza padre, mi spingerebbe a risparmiarle quell'esperienza, ma poi ricordo che ognuno di noi ha bisogno di qualcuno accanto per essere salvato *nella* tempesta e non *dalla* tempesta.

33

Tra le novità della scuola dei grandi ci sono anche i compiti per casa. Anna non nasconde la sua fatica nel far rigare dritto la matita, che a volte va un po' lunga. Il piccolo «spazzaneve» che dimora in me tenderebbe a cercare una gomma nel suo astuccio, ma non trovandola ricordo quel curioso «senza gomma» indicato dalle maestre. Davvero liberatorio in un'era di correttori e ritocchi. Una piccola indicazione per educare uno sguardo di simpatia verso l'errore, presentandolo come un amico per imparare e non come un qualcosa di cui vergognarsi. La vita senza gomma è viva, viva la vita senza gomma.

34

I piccoli possono essere accompagnati alla porta, gli altri salutano al parcheggio. Anna, al cancello della scuola, mi intima un deciso: «Papà, tu qui. Io da sola». L'istinto e la fretta suggeriscono di entrare, ma i suoi occhi mi dicono che è importante. Mi fermo e la seguo con lo sguardo. Certo, io sarei più veloce, non raccoglierei quel bastoncino e non darei il cinque all'albero, ma lasciarla fare è un esercizio che fa tanto bene, soprattutto a me.

35

Osservare Anna in piscina che, con la sua amata maestra Elisa, impara a nuotare è un'ondata di bellezza che fa proprio bene. Ho sempre pensato che nuotare sia semplicemente un grande atto di fiducia. Potrebbe esserci anche Archimede in persona a raccontarci come l'acqua sosterrà il nostro corpo, ma fino a quando non lo proviamo sulla nostra pelle rimarrà solo un bel racconto che non ci riguarda. Forse in quella dinamica c'è proprio tutto ciò di cui abbiamo bisogno: uno sguardo che cura, una mano tesa pronta ad afferrarci e un sorriso che si fida di noi.

36

Osservo Anna che chiede coccole, che chiede «Come ti chiami?», e mi domando da dove venga questo suo grande desiderio di entrare in confidenza con le persone. Forse ha semplicemente riconosciuto che ciò che ci fa stare bene riguarda sempre gli altri. La confidenza è un potente strumento, molto democratico e alla portata di tutti, per raggiungere la felicità. La confidenza non si insegna, non esistono scuole, università o professori della confidenza. Non puoi fare dei corsi on-line e non puoi apprenderla da autodidatta. Hai semplicemente bisogno dell'altro e funziona senza intermediazioni. Io mi fido di te e tu ti fidi di me.

37

Lo ammetto, abbiamo qualche difficoltà con la gestione notturna di Anna. Forse non ha paura del buio, ma ha solo bisogno di sapere che qualcuno nel buio le vuole bene. Lo vuole sapere anche quando non vede nessuno.
Mentre sorrido davanti a queste tenere fragilità e insicurezze dei bambini, mi ritrovo a verificare chi ha letto ciò che ho scritto, a controllare chi mi chiama o chi mi ascolta e a immaginare chi mi aspetta quando torno a casa. Voglio sapere che ci sono anche quando non li vedo. Forse non ho paura del mondo, ma ho solo bisogno di sapere che qualcuno nel mondo mi vuole bene.

38

Anna è stata giustamente sgridata dalle maestre perché ha spinto un bimbo. Anche se l'istinto mi suggeriva di giustificarla, il padre che si nasconde in me l'ha ripresa severamente. Lo ricordo bene: sapere che genitori e insegnanti erano d'accordo mi faceva stare male, ma mi suggeriva fiducia. Mentre pensavo al motivo per provare a difenderla le sue scuse non chiedevano giustificazioni, ma solo di fidarmi di lei.

39

Sarei un bugiardo se descrivessi ogni incontro di Anna con altri bimbi come una festa dell'inclusione. La diversità ci fa paura e l'esperienza di sentirsi esclusi appartiene a ogni persona. L'unica modalità per trasformare la paura della diversità in incontro è la confidenza. Ma il «con fiducia» non si insegna, si sperimenta. Accade poi che Anna incontri un'altra bimba, straniera. Giocano e parlano utilizzando lingue diverse, ma capendosi benissimo. Mi incanto davanti a quel superpotere, a quell'ingannevole poesia della «purezza dei bimbi». La osservo tornare nel suo gruppo, dove noto un ragazzo con disabilità. Sorrido. Non era un superpotere, aveva solo fatto esperienza della confidenza, il più bel regalo per i nostri figli.

40

Anna sta imparando a nuotare grazie alla passione di Elisa, che le ha fatto incontrare e conoscere l'acqua. Le osservo pensando che non avrebbe potuto farlo raccontando l'acqua o spiegando come si sta a galla. Per creare la confidenza con l'acqua c'è bisogno di bagnarsi, immergersi, fidarsi e provare a respirare con nuove modalità. E se nuotare fosse un sinonimo di incontrare?

41

Anna vuole imparare ad andare in bicicletta
ed è tutto molto complicato. A volte
dimentico che la disabilità amplifica le
difficoltà e la bici è un grande esercizio di
equilibrio e fiducia, proprio come la vita.
Anna combatte con la sicurezza di avere la
mia mano che tiene il sellino e il desiderio di
andare da sola. Io combatto con la mia
capacità di affidarmi ad Anna. Non alla sua
abilità di stare in equilibrio, ma al suo diritto,
che troppo spesso vorrei risparmiarle, di
cadere e rialzarsi.

42

Siamo all'inizio di un nuovo anno scolastico e Anna è un po' emozionata e timorosa. C'è una novità: avrà una nuova insegnante. Lo annunciamo ad Anna mentre ci organizziamo per incontrare, capire, didattica, programmi, e in mezzo al nostro fare Anna ci chiede: «Ma è mia amica?». Molto prima del «come», i nostri studenti, tutti, chiedono solo una cosa: mi vuoi bene?

43

Le richieste di Anna durante la notte sono
sempre le stesse: «Ho freddo» o «Mi dai la
mano?». Le riconosco in lei, con modalità
diverse, anche durante calde giornate.
Le scopro in me e nelle persone che incontro.
Ognuno le colora in maniera diversa, ma sono
tutte uguali. Chiediamo tutti un po' di calore
e vicinanza, qualcosa di molto distante
dalle nostre prestazioni.

44

Anna chiede aiuto, ma mi capita di aiutarla senza richiesta. Può sembrare una cosa buona, ma spesso è un aiuto suggerito da velocità e prestazione. Mi fa paura questo mio modo di pensare per i progetti a più ampio respiro. Il suo «anch'io» è l'eco di un motto che ho letto in una scuola del Kenya: «*Nipe nafasi nijaribu*». Lo desideriamo tutti: «Dammi la possibilità di provare».

45

Anna, dopo aver disegnato un grande sole, ha scritto: «Mamma, ho paura del temporale, ma so che poi arriva il sole». In realtà non sappiamo se il sole arriverà, ma condividere i timori accende la nostra fiducia. Certo, desideriamo il sole, ma ancor di più abbiamo tutti bisogno di qualcuno che, sotto le nubi, accolga le nostre paure. Da persone «sole» diventiamo «sole» per gli altri.

46

Percorrendo un sentiero in montagna, Anna rompe il silenzio del bosco: «Non ce la faccio. In braccio!». La tentazione di caricarla sulle spalle è grande, riuscirei ancora a sopportare quel peso che alleggerisce tutto, ma resisto e le do la mano. Intuisco l'eterna richiesta di tutti i figli: non chiede di sopportare, ma di supportare il peso che porta lei standole accanto.

47

Quando Anna dice di avere sonno in realtà ci
sta comunicando che vorrebbe chiudere gli
occhi e scappare da pretese e velocità.
Ognuno di noi vuole mettersi al riparo
quando sta male. Anna si rifugia nel dormire,
ma nel sonno cerca sempre una mano che la
tenga al sicuro mentre riprende fiato.
Possiamo pensare al nostro rifugio, ma è
scoprire che possiamo essere mano per gli altri
che ci tiene davvero al sicuro.

48

Lo ammetto, a volte vorrei difendere Anna da delusioni e da episodi di esclusione, ma spesso è lei a chiedere di crederci con l'unico linguaggio che la fiducia conosce: fidandosi. Accoglie, a volte con fatica, ogni proposta di incontro sulle ali della «confidenza», una modalità delicata di vivere «con fiducia». Questo suo accogliere la vita con tutto il pacchetto, esclusioni incluse, scalda quel gelo e colora quelle distanze che a volte creo intorno a me proprio per paura di essere escluso.

SAPER DIRE GRAZIE

49

Anna ha la fortuna di godere dell'amore di tutti e quattro i nonni e osservarli mentre si donano tempo e coccole ha qualcosa di magico. È bello poi incontrare sperimentazioni di nuovi modi di abitare, dove anziani e bambini vengono accolti in un'unica struttura, amplificando così la bellezza di queste due fasi della vita tanto distanti da assomigliarsi.

50

Anna, durante un compleanno, è rimasta affascinata da un brindisi. Volti sorridenti che si augurano salute e calici di bollicine che baciandosi suonano come piccole campane a festa. Le è talmente piaciuto che lo propone ogni sera a cena. Noi l'abbiamo battezzato «momento buone notizie», tutti con i bicchieri in alto a intonare un «Viva!» e a raccontare una piccola cosa bella che ci è accaduta nella giornata. È un sano esercizio che Anna ci invita a fare, perché anche le buone notizie hanno bisogno di allenamento.

51

Sveglia, corri, auto, traffico, code, semafori. Eravamo davvero in ritardo per la seduta di logopedia. Anna canticchiava *Hakuna Matata*, mentre io cercavo di dribblare scooter, bici e pedoni. Il grido di Anna mi destò dai pensieri: «Papà, femati!», ordinandomi, come aveva visto fare da mamma, di fermarmi al passaggio pedonale. Un solare sorriso di ringraziamento della signora, in mezzo alla nebbia, illuminò anche la mia fronte corrugata e «*Hai 'isto!*» di Anna completò la magia.

52

Cari occhi che ho incontrato. Occhi di amici, insegnanti e compagni di scuola... alcuni rimasti sguardi altri, diventati incontri. Gli occhi di Anna, deludenti solo per chi è deludente. Gli occhi incontrati che non vedono, ma mi hanno visto meglio di chiunque altro. Gli occhi di chi non ha bisogno di parole e occhi che proprio con le parole hanno raggiunto i miei occhi. Gli occhi che mi guardano e non so capire, gli occhi che capisco, ma non riesco a guardare. Grazie di cuore.

53

Le maestre di Anna ci hanno fatto notare una piccola cosa che dona gioia: «Anna dice sempre "grazie"». Forse lo avrà respirato anche da noi, ma quasi sicuramente è un suo modo di essere per rimanere nel presente e per dimostrare riconoscenza a chi la fa stare bene. Una ricetta perfetta per affrontare un periodo difficile come il nostro.

54

Ho sempre pensato che un dono dovesse essere qualcosa di puro, cristallino, senza pretendere nulla in cambio. Ultimamente, però, Anna mi ha fatto cambiare idea. Ama il gelato, ma con la coppetta davanti non esita e chiede: «Vuoi?». Non lo fa perché è buona, lei non scherza con il cibo, lo fa semplicemente per gustare quella scintilla di bene che accende gli occhi di chi lo riceve. Donare ci fa bene e fa bene.

55

Vivere in un paese regala antiche confidenze spesso nascoste nelle città e la fioraia o il cartolaio diventano persone che al saluto fanno seguire il tuo nome. Un caldo «Ciao, Anna» ci raggiunge durante una passeggiata. «Chi è?» chiede la piccola. «È la signora che ogni giorno fa il pane per tutti noi.» Anna sembra illuminarsi correndo ad abbracciare la fornaia del paese: «Grazie, il tuo pane è buonissimo». Difficile descrivere la gioia di chi viene travolto dalla potenza della semplicità: «Nessuno mi ha mai ringraziato per aver fatto il pane». Eppure ringraziarci per i nostri lavori sarebbe davvero semplice.

56

Un prelievo del sangue può intimorire anche i più grandi e Anna era un po' preoccupata perché sapeva ciò che la attendeva. «Papà, ho paura. Fa male!» continuava a ripetere. Non potevo negare la paura, né tantomeno il dolore dell'ago quando si infila nel piccolo braccio. Ero intrappolato tra un male che non le potevo evitare e un bene che le potevo solo raccontare. «Grazie, Dottie» ha sussurrato all'incredula infermiera citando il suo cartone preferito. Ho immaginato la paura come un piccolo zaino sulle spalle di Anna: riempiendolo di fiducia e gratitudine, lo ha trasformato in coraggio.

57

Raccontano molto le domande degli studenti e spesso riguardano le sorelle di Anna. Come hanno accolto la notizia? Cosa pensano di Anna? Il riferimento alla disabilità è chiaro e io non nascondo mai la mia gratitudine per il loro sguardo di sorelle. Sguardo che riesce sempre a mettere in primo piano Anna, lasciando sullo sfondo una disabilità a volte faticosa e catalizzatrice di attenzioni. Incontrare e riconoscere per volersi bene. È questa la semplice dinamica che ci regalano e se mi chiedono cosa desidero per Anna rispondo: «Nulla di diverso da quello che desidero per Marta e Francesca: essere riconosciute e amate».

58

Vado spesso nelle scuole, ma questa volta ero agitato: avrei incontrato Anna e la sua classe. In accordo con le maestre, oltre a raccontare la bellezza della nostra diversità, il desiderio era di intercettare le domande nascoste che germogliano nei bimbi. È stato un privilegio giocare, cantare e dare voce alle manine alzate che formulavano semplici ma profonde domande che profumavano di uguaglianza e giustizia. Sì, perché se Anna ha compiti più semplici o esce un'ora prima vogliono sapere il perché, altrimenti è un'ingiustizia. Abbiamo proprio bisogno di raccontare la diversità per ritrovare il senso di giustizia che ci rende uguali nella nostra unicità.

59

Anna mi ha riportato sulla spiaggia con secchiello e paletta. «Un castello, wow! Grazie», mi guardava come se le avessi regalato il mondo. «Il mare, grande! Grazie», e iniziavo ad avere i primi dubbi nel capire a chi fosse rivolta tanta gratitudine. «Il sole rosso, che bello! Grazie.» Ero in balia di una piccola San Francesco con gli occhi a mandorla che rendeva grazie e non capivo. Poi ho pensato che forse neppure lei lo capiva, ma era felice e forse vale la pena essere semplicemente grati.

60

Mi trovo a raccontare *Buone notizie secondo Anna* nelle scuole. Occhi curiosi che si accendono quando si riconoscono in qualche fragilità. Parlo di inclusione, ma è una parola che spesso non suona familiare. Quando però chiedo il contrario, tutti sanno che si parla di esclusione. Se poi invito a pensare a un momento in cui loro si sono sentiti esclusi, il tema dell'inclusione diventa qualcosa che li riguarda. Un bambino delle primarie mi avvicina: «È stato bello, volevo regalarti la mia caramella». Un dono prezioso per lui e di inestimabile valore per me. Uno scambio di gratitudine davvero potente. Grazie.

61

Anna mi ricorda ancora una volta la potenza dei nostri gesti e delle nostre parole. È accaduto mentre un signore ci raccontava quanto la vita, a volte, sa essere dura. Non credo che Anna seguisse il contenuto, ma certamente era sintonizzata con le profondità di quella persona. Sì, perché avvicinandosi gli ha abbracciato la gamba dicendo: «Dai, sei bravo!». La gratitudine e meraviglia dell'uomo sono impossibili da descrivere, ma quella potenza alla portata di tutti mi ha ricordato che posso e devo solo farlo.

62

Il nostro cane, la nostra Birba è morta. Uso questa parola con la stessa fatica che il diritto alla verità di ogni bimbo mi ha suggerito nel dirlo ad Anna. «Accipicchia» ha commentato aprendo le manine. Difficile trovare buone notizie, anche quando gli addii saranno più importanti. Anna però prende un foglio e si disegna con Birba e sorelle in un prato fiorito: perché il tempo donato non ce lo porterà via nessuno.

63

«Sono la mamma di Ester, con Anna fuori dalla palestra, se vuoi la porto a casa io.» Un messaggio di una mamma che non conosco e qualche chiamata mi fanno trasalire. «Ho dimenticato Anna!» Sono giorni che mi tormento cercando buone notizie in questa grave mancanza, ma come spesso mi accade le cerco nel posto sbagliato. Le cerco dentro di me, ma molto più spesso sono intorno a me, nascoste nella cura degli altri.

64

Anna è stata invitata, insieme ad altri compagni, a fare i compiti a casa di un'amica. La mamma ci descrive la felicità dei bimbi nel ritrovarsi fuori dalla scuola e come li ha lasciati fare i compiti da soli senza interferire, ma non può immaginare la straripante gioia e gratitudine per noi genitori di figli con disabilità davanti a inviti di questo tipo. Sono piccole cose di un'importanza difficile da descrivere e che molti genitori non hanno neanche più la forza di desiderare. Semplici occasioni che generano bellezza per tutti. Certo, i compiti erano sbagliati, ma gli errori perfetti. Errori che correggono tutto e generano felicità.

65

A volte Anna si avvicina e con un abbraccio sorridente mi dice: «Grazie, papà». Non sempre c'è un motivo evidente a giustificare questa gratitudine e troppo spesso la mia «superficiale normalità» la etichetta come parte del «pacchetto disabilità». La verità è che, intorno a me, ho mille motivi per ringraziare e il mio non saperlo fare è una disabilità ancora più grande.

66

Anna è felice quando ci sono ospiti. La possibilità di invitare e di essere invitati genera occasioni di incontro molto potenti. Sembra scontato, ma non lo è per nulla, specialmente quando la disabilità complica le cose. In una cena di fine estate, una frase dei nostri ospiti mi ha molto colpito: «Grazie di cuore, in tutta l'estate è la prima volta che veniamo invitati». Piccole cose che diventano giganti se le pensiamo su di noi. Tutti desideriamo essere invitati e l'invito di Anna a invitare è un consiglio prezioso.

67

A scuola è bello scorgere quella scintilla negli occhi degli studenti quando le loro fragilità si sintonizzano con le mie, ma sono le serene parole di Sara, sorella di Ambra con sindrome di Down, che mi hanno fatto proprio bene: «Con pochi anni di differenza la sua diversità è sempre stata normale. Poi me l'hanno fatta notare e per qualche tempo Ambra è sparita dietro alla sua disabilità. Ho avuto la fortuna di rincontrarla e di riconoscerla. Ora è una delle *persone* su cui posso più contare».

68

Anna ha ricevuto un invito da un amico ed è facile cogliere come gli inviti riescano a donare, nella vita di Anna, una profonda gioia. Sarei un bugiardo se non ammettessi che è esattamente così anche per me e per ognuno di noi. Davanti a un invito ci sentiamo scelti, ma l'unica cosa che possiamo fare è invitare. Anzi, ti invito a invitare perché chi invita tiene in-vita.

69

C'è una semplice frase di Anna che nasconde una potente dinamica, quando riceve un dono, quando le viene annunciata una sorpresa o qualsiasi piccolo gesto: «Ma è per me?». Il sorriso e l'entusiasmo che condiscono queste parole di gratitudine raccontano la bellezza del sentirsi scelti. Anche se non siamo bravi a esprimerlo è quello che desidero io e che desideri tu.

70

Quando Anna esprime meraviglia davanti alle cose belle, il mare, una festa, un regalo o essere riuscita a far qualcosa da sola, lo stupore non finisce mai solo con un punto esclamativo del tipo «Che bello!». La gioia è sempre completata da una domanda: «È vero, papà?». Ogni volta sorrido per questo prezioso promemoria: bellezza e felicità sono complete solo se condivise.

71

«Non voglio sogni brutti» dice Anna turbata da un incubo. «Non ti preoccupare, pensa a cose belle» provo a rassicurarla. Scuote la testa con il sorriso che vuol proteggere chi non capisce: «Facciamo insieme un sogno bello?». Idea semplice e potente, ma sono talmente abituato a fare da solo che davanti a quella richiesta mi sono dovuto arrendere: «Okay, insegnami come si fa».

INCONTRARSI

72

Siamo tornati in Kenya, dove c'è una bella usanza: stringersi la mano quando ci si incontra, sempre e con tutti. Gli occhi si guardano e il contatto della pelle aiuta ad abbassare le difese. Sguardo e contatto, ingredienti preziosi per preparare l'incontro. Ad Anna è piaciuto e non si è lasciata sfuggire questa opportunità neanche in vacanza: in un duomo affollato, alla parola «pace», ha voluto dare la mano a tutte le persone in chiesa, nessuno escluso.

73

Quando ci mettiamo al servizio di qualcuno c'è una grande tentazione: non mettersi sullo stesso piano. Anna me lo ricorda facendomi inginocchiare per guardarci negli occhi. Manzoni lo fa raccontando del marchese che, invitando a pranzo Lucia e Renzo, non fece una tavola sola, ma aiutò a servirli prima di ritirarsi a pranzare altrove: «V'ho detto ch'era umile, non già che fosse un portento d'umiltà. N'aveva quanta ne bisognava per mettersi al di sotto di quella buona gente, ma non per istar loro in pari».

74

Anna, come tutti noi, ama scartare i regali. Il pacchetto può essere piccolo, grande, con una forma strana, rosso o giallo, con il fiocco o un po' strappato, ma per scoprirne il contenuto è necessario scartare il regalo... Dobbiamo aprirlo, toccarlo, guardarci dentro. Ecco che il verbo «scartare», così brutto se usato per escludere, avrebbe un significato tutto nuovo anche negli incontri: «scartare» una persona diventerebbe «scoprirla», «guardarci dentro», e ognuno avrebbe tante buone notizie da raccontare. ☺

75

È uno strano periodo, ma Anna riesce a godere fino in fondo di questa overdose di vita familiare. Mentre provo a spiegare perché la scuola è chiusa la vedo puntare il suo smartphone giocattolo verso il foglio: «Ciao, nonna... *Guada* disegno». Sorrido e raccolgo l'invito a videochiamare i nonni: non è molto, ma la tecnologia ci permette di mantenere i contatti a distanza nell'era del mantenere le distanze dai contatti.

76

Vi ho già raccontato di come Anna ami raggiungere tutti nello scambio della pace durante la messa. Per ora non sarà più possibile, ma si presenta una grande occasione per dare volto alla pace e riscoprire il valore dei nostri sguardi. Caro papa Francesco, abbiamo un'idea: potresti invitare tutti i fedeli a guardarsi negli occhi e sarà bello quando il celebrante, sorridendo, dirà: «Scambiamoci uno sguardo di pace».

77

Dopo la pandemia, dal Sud al Nord, cari amici
sono riusciti a organizzare, con generosa
prudenza, qualche spettacolo. Il momento più
potente è sempre l'incontro. Occhi negli occhi
che vorrebbero abbracciarsi, ma sanno che il
bene ha bisogno della mente per essere vero
bene. Anna ha imparato a salutare con il
gomito, anche se nessuno le ha detto di farlo.
I bimbi ci osservano, ci ascoltano, e nei nostri
piccoli gesti si nasconde la potenza
dell'esempio che potrebbe salvarci.

78

Con Anna siamo andati a passeggiare nel bosco e a raccogliere castagne. Tra tappeti di foglie dai mille colori spuntavano ricci, alcuni chiusi e altri che lasciavano intravedere gustose castagne. Ci ha pensato il bosco a insegnare ad Anna che per avvicinare un riccio senza farsi male c'è bisogno di delicatezza... un po' come con le persone.

79

Il 24 marzo è il compleanno di Anna. Che bello! Ma, diciamolo pure, a compiere gli anni non c'è nessun merito, anche se in verità questo magico anniversario ha il merito di farci ricordare delle persone a cui teniamo. Personalmente, però, è molto di più, è il giorno del mio incontro con Anna. È la festa degli occhi negli occhi, dove il «sentito dire» lascia il posto al «sentire e dire». Già, perché è l'incontro che cambia tutto mandando sullo sfondo la disabilità per lasciare la scena alla persona.

80

«Come ti chiami?» È questa la prima domanda che Anna pone a chi incontra. Tutti rispondono con un dolce «Io sono» seguito dal nome proprio, mai con il cognome o titoli, come facciamo in genere noi adulti. Osservo sempre con meraviglia questa dinamica, dove la domanda di un bimbo ci fa abbassare le difese, lasciando da parte curriculum e formalità... Di preciso, da che età questo non è più possibile?

81

Anna chiede pane, il suo modo di dire «Ho fame». Anna chiede coccole, il suo modo di dire «Ti voglio bene». Anna poi, quando è stanca, vuole tornare a casa. A Romena, tra le colline toscane, incontriamo Luigi Verdi, che dice: «Ognuno è alla ricerca: di un po' di pane, un po' di affetto e di sentirsi a casa da qualche parte...», e chiedo: «Quando vi siete parlati, tu e Anna?».

82

Dopo molto tempo è bello riscoprire la bellezza della condivisione invitando amici a cena. I bimbi quasi non si riconoscevano, ma il gioco non ha bisogno di presentazioni. Anna, però, ha subito protestato per la presenza di Lay. Ero imbarazzato ma, provando a praticare la leggerezza, abbiamo scherzato sull'orribile titolo che ne sarebbe uscito: «Bimba Down non include bambino di colore». Un sorriso amaro pensando a come quella dinamica che mi faceva tanto soffrire nei confronti di Anna era generata proprio da lei. Ci ha pensato il loro incontro a suggerirmi la buona notizia nascosta: quella che credevo esclusione era solo non conoscenza.

83

È tradizione che la nonna di Anna regali il dolce di San Martino, che ricorda il taglio del mantello condiviso con un mendicante. Un potente gesto di equità che viene rappresentato in migliaia di opere d'arte con la stessa caratteristica: Martino, dall'alto del suo cavallo, dona al povero a terra. Non sappiamo come sia andata veramente, ma mi piace pensare che, come Anna sale sulla sedia per guardarmi prendendomi il viso tra le mani, anche Martino fosse sceso da cavallo per mettersi sullo stesso piano e riconoscersi negli occhi del povero.

84

Siamo al parco e Anna cerca di consolare un bimbo che evidentemente ha paura di lei. Osservo curioso e i tentativi di Anna sono semplici: tende la mano, prova a prestargli un gioco, sorride. Non mi meraviglia la diffidenza del bimbo, anche Anna poco prima aveva esplicitato il suo timore nell'incontrare un'altra ragazzina con disabilità, che a sua volta aveva sorriso per cercare l'incontro. La diversità ci fa paura e l'inclusione, che desideriamo per noi stessi, non è mai un processo a senso unico. È una lenta e preziosa tessitura di piccoli gesti per dirci reciprocamente: non temere, anch'io ho paura, ma incontriamoci.

85

Anna è felicissima delle vacanze e delle infinite occasioni, in spiaggia o sui monti, per chiedere «Come ti chiami? Giochi con me?». La prima domanda va quasi sempre a buon fine, la seconda quasi mai. Non ci sono bimbi cattivi, ma bimbi che chiedono di essere accompagnati nell'incontro con la diversità. La sola poesia dell'inclusione non basta, c'è bisogno del nostro aiuto per generare incontri preziosi per tutti.

86

Tra i compiti estivi di Anna c'è anche la lettura. Qualche frase da sola e poi insieme. Una bella parola o un punto emozionante lasciano tracce sul libro: un cartoncino, un'orecchietta sull'angolo della pagina, una sottolineatura o un cuoricino con il pastello rosso. Anna lo fa anche con le persone. Ripete al mattino i nomi delle persone che incontrerà nella giornata, perché quando le saluterà sarà un meraviglioso e colorato segnalibro che indicherà i momenti importanti: gli incontri.

87

Riceviamo molti messaggi carichi di buone
notizie. Una coppia con una bimba di sei anni
scrive: «Ci piacerebbe allargare la nostra
famiglia e, raccogliendo l'appello del tribunale
dei minori, stiamo pensando di dare la
disponibilità all'adozione di un bimbo con
trisomia 21. Abbiamo un po' paura, perché
non sappiamo a cosa andiamo incontro. Ci
aiuti, Anna?». Non abbiamo risposte, ma
incantati da tanto amore proponiamo un
incontro, il modo più semplice e potente per
scorgere un «chi» in mezzo alle paure.

88

Le buone notizie vengono annunciate da un'attesa che spesso nasconde una parte inattesa. Un po' come il Natale, un'attesa inattesa. Anna è in continua attesa: di un sorriso, di uno sguardo, di un incontro, di essere riconosciuta... Ma non lo siamo forse tutti noi? Anche con la sua componente inattesa, l'attesa conserva un segreto prezioso: ci proietta verso gli altri.

89

Una gentile signora, con grandi occhiali da sole, parla e incontra Anna, che subito la interrompe: «Puoi togliere gli occhiali? Non mi vedo». La donna sorride trasformando la montatura in cerchietto per capelli. La mia ansiosa penna rossa vorrebbe correggere quel «mi» in «ti», ma non lo faccio. Rimango a contemplare quella richiesta: forse il vero scopo di guardarsi negli occhi non è vedersi, ma riconoscersi.

90

L'estate è complicata perché aumentano le occasioni di incontro, ma spesso chi non ha confidenza con la diversità dona solo risatine che fanno male. Poi osservo Anna che gioca con una bambola e un dinosauro facendoli parlare e penso che sta mediando un incontro. La buona notizia è che ognuno di noi può diventare prezioso mediatore davanti a dinamiche di paura dell'altro.

91

Chiediamo ad Anna di ripetere ciò che le diciamo, perché è brava nel farti sentire ascoltato, ma la disabilità intellettiva rende faticoso ascoltare. Chi invece ha la mente veloce non fatica a sentire, è distratto nell'ascoltare e spesso incapace di far sentire ascoltati. Ma ciò che tutti desideriamo dimora nelle profondità dell'incontro, che non è solo ascoltare le parole, ma anche farle sentire ascoltate.

92

Ad Anna non sfugge mai uno sguardo triste
o un sospiro profondo di una persona che ha
davanti e subito chiede: «Tutto bene?».
Non è una richiesta di cortesia, ma assomiglia
più a una potente urgenza di esplicitare
quanto il suo stare bene sia legato allo stare
bene degli altri. Le invidio questa sana
urgenza che ho sepolto chissà dove,
ma le sono grato per ricordarmela quando
sorride al mio «Sì, tutto bene!».

93

Anna partecipa a un laboratorio dove a insegnare sono artigiani con disabilità intellettiva che già lavorano. Bellissimo, ma noto che anche i bimbi coinvolti hanno la sindrome di Down. Tutti tranne uno. «Sarà un fratello» penso, ma la mamma mi illumina con una buona notizia: «Desidero far provare a mio figlio come ci si sente a essere il diverso. Non sono sicura di riuscirci, ma scopriamo meravigliose amicizie».

94

Alla messa di Pasqua, il celebrante annuncia: «Gesù ha vinto la morte». Anna, spiazzata, mi chiede: «Ha vinto?». «Ehm... sì!» rispondo timidamente. «È vivo?» «Ehm... sì!» ripeto, mettendo a nudo tutta la mia pochezza, salvata dal suo «Andiamo. Lo voglio incontrare!». Intuisco che non sono rilevanti le mie inadeguate risposte, ma le sue semplici domande. Quando siamo spiazzati da una diversità non è importante il «cosa», ma il «chi», e l'unico modo per scoprirlo è desiderare l'incontro.

STARE INSIEME

95

Qualsiasi gioco venga proposto ad Anna, la sua risposta entusiasta, che unendo le piccole dita accende i suoi occhi azzurri, è sempre la stessa: «Insieme». Non esiste il più bel gioco fatto da sola che riesca a superare la bellezza del gioco più semplice fatto insieme. Ogni meraviglioso progetto proposto dalle nostre preziose «imprese del bene» sarà tanto più bello e tanto più completo quanto più saprà coinvolgere le altre realtà, proprio come i giochi di Anna: insieme.

96

Anche Anna con il suo entusiasmo è ritornata a scuola e per noi genitori-taxi è iniziato il flipper tra agende condivise, corsi e attività. In mezzo a tutto questo, ricevere l'invito a un compleanno a volte spaventa. Chi lo riceve fa di tutto per portare il figlio a far festa. Chi organizza la festa fa di tutto perché nessuno si senta escluso. La buona notizia è che l'inclusione ama moltissimo le feste di compleanno.

97

«Scusa, tu che sei il papà di Anna, mi dici che lingua parla?» mi chiese un bimbo a scuola. La domanda faceva un po' male e mi ricordava che la disabilità non è solo teoria, ma era giusto assecondare quella richiesta e cercare di dare una risposta. Mi rassicurò: «Se mi dici che lingua è, io la imparo. Okay?». C'era qualcosa di potente in quella dinamica di piccola inclusione che può partire da ognuno di noi, dal «capire come fare» e non dal «come fare capire».

98

Abbiamo appeso in cucina un cartellone intitolato «La giornata di Anna». Dieci disegni raccontano le varie fasi: dalla colazione al giocare, dai pasti alla nanna. Sembra un trucco per bambini, ma funziona per tutti. Non capisco bene il motivo, ma collocare questo tempo lento dentro a una ciclicità suggerisce che c'è del buono ad attenderci. Siamo in un'attesa inattesa, in contatto senza il tatto... È un po' come abbracciare senza le braccia. Sorrido perché penso alla nostra cara amica Simona Atzori. Lei davvero non le ha, le braccia, ma un abbraccio potente come il suo raramente l'ho ricevuto. Forse è tempo di inventare un mondo nuovo. Il buono che ci attende è riscrivere il cartellone delle giornate con nuovi colori che non lascino indietro nessuno.

99

Qualche giorno fa abbiamo iscritto Anna alla scuola primaria. Che emozione! Gli occhi entusiasti di Anna, ultimo anno di infanzia, all'uscita dalla classe delle Nuvole raccontano quanto potente e preziosa sia la nostra scuola. Anche gli occhi amareggiati di Francesca, ultimo anno di liceo, all'uscita dalla classe del Cloud raccontano come la scuola sia molto di più di quello che chiamiamo didattica. Ci abbiamo provato a salvarla con la distanza, ora però rigeneriamola ascoltando la voce che proviene dalla loro stanza.

100

Quando incontro i bambini nelle scuole porto con me uno dei puzzle di Anna e li invito a farlo insieme. Rovescio i pezzi per terra e chiedo ai bimbi di trovare due pezzi uguali e di indicarmi il pezzo più importante. Mentre discutono animatamente su qual è il più importante, senza farmi notare porto un pezzo, un po' anonimo, fuori dall'aula. Facile capire che ogni pezzo è diverso, più difficile scegliere il più importante. Ma quando, con grande delusione, scoprono che ne manca uno per completare il puzzle chiedo: «Ora qual è il pezzo più importante?».

101

Si avvicina la scuola primaria e Anna inizia a riconoscere le lettere. La A è ovviamente fuori concorso, in quanto presente nel suo nome, ma le altre vocali ci divertiamo a cantarle. Le abbiamo in legno e spesso mi consegna la O tenendo per sé la E. Questa scelta, forse casuale, mi ha fatto pensare a quante volte la richiamo con quella O necessaria, ma a volte escludente: «*O* questo, *o* quello». Lei invece mi invita sempre con quella E inclusiva: «Anna *e* papà, insieme». Quella congiunzione che, come dice il vocabolario, serve a unire tra loro (non solo) le parole.

102

Estate, tempo di vacanza e tempo di nuove amicizie. Anna, con il suo diploma di scuola dell'infanzia, si è tuffata nelle attività estive. Un nuovo incontro con altri bimbi è sempre una dimensione piena di stupore, ed è proprio in queste occasioni che nasce e cresce la confidenza con la diversità. La buona notizia è che loro ci osservano e basta davvero poco, una parola, uno sguardo, per donare coraggio e suggerire una risposta a un timido «Giochi con me?», che si trasforma in una grande opportunità.

103

Torno su questa nuova ripartenza della scuola. Anna, come tutti i bambini, e tutti noi quando affrontiamo un inizio, non nasconde una certa titubanza e timore. Mentre da lontano la accompagno con lo sguardo, cercando di far pace con ciò che non posso fare al posto suo, mi raggiunge un altro sguardo. È una mamma con la sua bimba per mano: «Anche noi abbiamo un po' di timore, ma siamo felici di fare questo percorso insieme». E io sorrido, perché l'inclusione ama nascondersi dove non te l'aspetti.

104

Anna ha imparato a leggere e scrivere le vocali, ma con le sillabe arrivano le complicate consonanti. Hanno poco senso da sole perché sono state create per con-suonare, suonare insieme. Ci atteggiamo a rumorose vocali, ma in realtà siamo tutti meravigliose consonanti in attesa di suonare-con.

105

Con Anna abbiamo provato l'emozione di camminare su un lago ghiacciato. Oltre alla magia di vedere dal vivo i poteri della sua principessa preferita, ci siamo accorti di quanto sia complicato camminare sul ghiaccio, ritrovandoci gambe all'aria. La soluzione però era semplice: lentezza e tenersi per mano. È difficile capire chi aiuta chi in questa dinamica, ma è facile intuire che la soluzione è nascosta in quell'«insieme» che tanto piace ad Anna.

106

Il 21 marzo inizia la primavera, è la giornata mondiale della poesia, ma anche delle persone con sindrome di Down. Anna non poteva che nascere in questi giorni. La natura, con la vita che sboccia, ricorda la potenza della fragilità. La poesia, con la sua leggerezza, aiuta a raccontare la bellezza della diversità. Le persone con un cromosoma in più chiedono solo di essere riconosciute come persone. «Siamo fatti di-versi, perché siamo poesia» prova a raccontarlo con la forza delle parole. Anna intuisce che a compiere gli anni non c'è merito, ma sa che i compleanni hanno il merito di far festa e di far incontrare gli amici.

107

Sono sempre alla ricerca di nuove idee per raccontare l'inclusione e la diversità, anche ai compagni di Anna, per provare a rispondere alle domande che, come riferiscono le maestre, scorrono veloci e brillanti nei loro occhi curiosi. Oggi, con la nostra bici, siamo arrivati a scuola e Lucia, una sua compagna, ha salutato Anna al cancello mentre le sistemavo lo zaino: «Anna, ti aspetto». Le ho sussurrato un «grazie» pieno di riconoscenza. «Be', oggi aspetto io, domani aspetterà lei» ha risposto sorridendomi con gli occhi. E io che cercavo chissà quali esempi per raccontare l'inclusione. Chiamarsi per nome e aspettarsi a vicenda, non serve altro.

108

Ho già scritto di Anna che, guardando al cielo, cerca il sole. Per lei, quando compare il sole, la felicità è già quasi completa, manca solo l'accento del sorriso. Altre volte, la nuvola della fatica richiede le amate coccole solo per ricordare che il sole c'è, ma è nascosto. La abbraccio: «Vieni che ci consoliamo», e il pensiero si ferma sul quel verbo: «consolare». Anche se l'etimologia ci porta al termine «solo», stare con uno che è solo, ci piace pensare che consolare sia proprio cercare insieme il sole, dentro e fuori di noi.

109

A volte invidio ad Anna la capacità di riconoscere le proprie emozioni e di chiamarle per nome. Ancor di più ammiro il suo desiderio, una volta riconosciute, di volerle condividere. È quasi impossibile capire un «Papà, io felice!» quando prova a moltiplicare la gioia con una divisione. O quando prova a sommare coccole per rimpicciolire un «Ho paura!». È un po' strana, ma funziona con tutti e per tutti la matematica del fare *con*: moltiplica condividendo e sottrae aggiungendo.

110

Osservo Anna e le dinamiche che si accendono intorno a lei. Sono felice quando viene accolta, deluso quando viene messa da parte e mi accorgo di avere un concetto di «inclusione» un po' distorto. Come se ci fosse un dentro e un fuori. Una dinamica unilaterale dove l'includente accoglie l'escluso, ma le richieste di Anna non sono mai unilaterali. «Giochiamo insieme?», «Facciamo insieme?», «Mi aiuti?». Nessuno vuole essere incluso, ma tutti vogliamo essere incontrati e incontrare. Forse la strada non è includere, ma è lavorare *insieme* per un ambiente inclusivo dove ci possiamo incontrare.

111

Nella lotta contro il tempo di tutti i giorni mi sorprendo spesso a controllare, in modo quasi compulsivo, l'orario, che ritrovo in ogni angolo, dallo smartphone all'auto, dall'insegna della farmacia al computer. Anna non ha ancora imparato, o disimparato, a dare importanza a quel numerino che corre inesorabile. Le manca completamente il concetto di «perdere tempo», per lei è tutto «tempo trovato». Non ricorda cos'ha fatto, ma ricorda bene con chi è stata. Un modo molto più potente di misurare il tempo: «Con te o senza di te», come direbbe Borges.

112

Fine della scuola, tempo di riunioni tra insegnanti e genitori. Lo scorso anno ho provato una sensazione quasi di esclusione in un racconto dove non riconoscevo tracce di Anna. Con un po' di coraggio e timore ho condiviso questo sentire con le maestre. L'incontro quest'anno inizia proprio da uno scritto di Anna che descrive la fatica e la gioia di imparare cose nuove, le stesse dei suoi compagni di classe. Bello! Questa volta però sono le maestre a non riconoscere tracce di me nel mio partecipare distratto. Con un po' di coraggio e timore hanno condiviso questo sentire con me. Certo, mi dispiace, ma è bello scoprire che la vera inclusione non è unilaterale e ha bisogno della cura e attenzione di ognuno di noi.

113

Queste righe nascono dall'osservare Anna. Spesso i commenti sono rivolti alla sua profondità e a quanto i bimbi siano istintivamente inclusivi. Spero di non deludere nessuno, ma non è così. Anna davanti a una persona con disabilità non è sempre adeguata, anzi deve essere educata. Tutti abbiamo bisogno di essere presi per mano per educarci alla diversità. Abbiamo bisogno degli altri per «tirare fuori» quel riconoscersi che spesso viene nascosto dalla paura... e questa è una buona notizia.

114

Le poche cose che sottolinea Anna sono di una semplicità disarmante e di una potenza generativa. «Anch'io voglio» e «insieme». Quel voglio provare e, forse, voglio sbagliare mi mette davanti ai limiti che osservo e che costruisco intorno a lei. Ma è quell'«insieme» che racconta un'intuizione che non ha bisogno di ragione. È l'impegno del fare *con*, del fare insieme che *ci* trasforma e ritrovarlo nel Festival Nazionale dell'Economia Civile a Firenze, dove ci racconteremo, è proprio una buona notizia.

115

L'agenda di Anna è molto densa e il suo desiderio di ripetere le attività della giornata è una delle dinamiche che le danno sicurezza. Per renderla autonoma abbiamo appeso «La settimana di Anna» in cucina. Mi piace osservarla mentre con il ditino scorre le attività della giornata e ogni volta mi incanto ad ascoltarla: legge «logopedia», ma dice Daniela, legge «scuola», ma dice il nome delle maestre, legge «ginnastica», ma dice Sara e Ilaria. Un esercizio che vorrei fare anch'io quando leggo gli impegni del giorno, ma non ricordo di nominare le persone che incontrerò.

116

Anche Anna, con la cooperativa Vite Vere, ha iniziato il suo percorso di autonomia. Spesso pensiamo che l'autonomia riguardi un *io* nella disabilità, in realtà è un desiderio di tutti. «Cos'hai imparato oggi?» le chiedo. «A perdere!» Ma che bella sorpresa da applicare al percorso di ognuno di noi: imparare a perdere per scoprire che nel sentiero dell'autonomia ci attende un *noi*.

117

Anna è alle prese con i verbi e con fatica prova a ripetere: «Io sono, tu sei, egli è, noi siamo... insieme». Quando arriva al «noi» aggiunge «insieme». Correggo quell'errore, anche se è il modo più giusto di raccontare il pronome «noi». Sorrido pensando al professor Grammaticus del caro Rodari «Vado a cercare gli errori nei verbi... Ma gli errori più grossi sono nelle cose!».

118

Anna mi chiede di giocare con le carte e io rispondo: «Sì, dai, me contro te». Con sguardo severo mi corregge: «No, papà, costruiamo un castello di carte insieme». In un istante mi accorgo di aver citato, inconsciamente, uno dei brand più famosi tra i bambini. Tre parole che sintetizzano la dinamica della maggior parte della comunicazione di oggi e quel «contro», apparentemente innocuo, mi è sembrato pesantissimo. Basterebbe cancellare quel «*tro*» in più per ricominciare a *costruire*... me *con* te.

119

Osservo una partita di pallavolo di Anna e noto come gli avversari cerchino di mandare la palla nella sua direzione. Forse quegli occhi a mandorla suggeriscono un punto debole. Non li giudico, è la prestazione che ci fa ostili davanti alla fragilità. Le compagne invece le si stringono intorno, non per sostituirla, ma per supportarla, e scopro una dinamica molto più potente.

120

Ho raccontato *Buone notizie secondo Anna* in un teatro pieno di studenti attenti e curiosi. Alla fine dell'incontro un gruppo di ragazzi mi ha salutato: «Noi siamo la scuola Manzoni e volevamo dirti grazie». Mi ha fatto davvero bene quel «noi siamo» così entusiasta. La loro scuola non era un edificio, non era un'istituzione, non era una piccola classe, era un *noi* potente. In quel teatro c'era anche una bandiera dell'Europa che faceva da sfondo a quei giovani occhi sorridenti e ho pensato che sarebbe davvero saggio affidarla a loro per ricordarci che l'Europa siamo noi.

PICCOLE GRANDI MAGIE

121

Penso che il Natale sia principalmente «attesa inattesa». È l'annuncio della Buona Notizia e viene preceduto dall'Avvento. Tutte le buone notizie si intrecciano con un'attesa che nasconde sempre una parte inattesa. In attesa di Anna, la nostra buona notizia, la parte inattesa, era un piccolo cromosoma in più. Un po' deludente, proprio come una stalla puzzolente, ma che nasconde vera bellezza. L'augurio è per tutte le persone in-attesa: di un amore, di un lavoro, di una casa, di una terra, di una famiglia, di una pace e l'augurio è per te, qualunque sia la tua «attesa inattesa».

122

Una pausa forzata e Anna è annoiata.
Propongo una danza, ma forse è piccola la
stanza. Racconto una storia, è noiosa, si
accende un'idea, è favolosa. Amico, son
passati cent'anni, il re delle rime Rodari
Gianni farebbe fiorire le abitazioni, senti che
versi, che emozioni: «Voglio che in ogni casa
spunti dal pavimento un albero fiorito di stelle
d'oro e d'argento». Stare a casa davvero ci
salverà coltivando fantasia e creatività.

123

Anna davanti a una videochiamata, con nonni o amici, a volte si rifiuta di salutare o interagire giustificandosi con un «No piace» un po' imbarazzante. Dall'alto della mia abilità intellettiva cerco di motivare spiegando che forse non riesce a capire in maniera chiara la differenza con un video registrato. Lo dico proprio mentre Anna si abbraccia mimando le coccole: «Così piace». Sorrido e capisco di non aver capito niente.

124

La prima cosa che Anna controlla appena sveglia è il cielo, anzi se c'è il sole. Quando è coperto dalle nuvole apre le manine esclamando: «Dov'è il sole?», esattamente come facciamo noi quando giochiamo a nascondino: «Dov'è Anna?». Sappiamo benissimo che è dietro la porta o sotto la trapunta e lei sa benissimo dov'è il sole quando si nasconde dietro le nuvole. Ma ricordarlo a vicenda fa proprio bene. È come donare una certezza travestita da speranza.

125

Mai come in questo periodo la nostalgia di quello che era prima della pandemia e la speranza di quello che sarà dopo mi distraggono da ciò che accade ora accanto a me. Per fortuna ci pensa Anna a riportarmi nel qui e ora con i suoi verbi coniugati sempre al presente. Il suo è un voler bene che trasforma l'attesa di una fine nell'attesa di un nascere dove una stalla e una stella si assomigliano. Ma una nascita ha bisogno di tempo, di spazio... di noi. Buon Natale.

126

A volte trovo Anna incantata a scrutare il cielo dal finestrino dell'auto, altre volte mi trova lei incatenato nei miei pensieri. «Wow, la luna! Papà, le stelle!» mi urlò ammirando la rara congiunzione tra Giove e Saturno che questo solstizio d'inverno ci ha regalato. Difficile dire se la bellezza dimorasse tra le stelle o sul volto incantato di Anna, ma è più facile ora per me immaginare l'entusiasmo negli occhi dei Magi. Proprio come questo nuovo anno: una promessa e un cammino.

127

A casa abbiamo tante girandole colorate e ho sempre pensato che fossero costruite solo per girare, un po' come se noi fossimo fatti solo per vivere. Poi Anna, indicando una girandola danzante, mi ha fatto cambiare idea: «Papà, guarda, il vento». Girare è un effetto, ma una girandola in realtà è fatta per far vedere il vento e funziona solo se da esso si lascia attraversare. Un po' come un sorriso rende visibile la felicità.

128

Oggi la buona notizia nasce tra queste righe, da un messaggio: «... Le nostre storie si sono incrociate per caso leggendo la rubrica sul *Corriere*, ma poi tutto era rimasto lì... Ora il tribunale ci ha convocato e ci chiede di dare disponibilità per una bimba di tre anni con la sindrome di Down... Non è stato semplice, ma abbiamo detto un vero sì, certamente più consapevole e condiviso anche grazie al vostro raccontarvi...». Arriva una foto dove la mamma mangia di baci la piccola vestita di sorrisi e io mi incanto davanti alla potenza delle buone notizie.

129

Ad Anna piacciono le favole e da qualche tempo ama anche raccontarle. Lo fa tenendo il libro a favore di pubblico, come ha visto fare alle maestre, indicando i personaggi e facendo le vocine. Faccio fatica a capire le sue parole, ma la meraviglia e l'incanto nei suoi occhi, come dice Neruda, raccontano la favola che ho dentro di me e che da solo non riesco a leggere.

130

A volte Anna, con sguardo furbetto, si porta le mani agli occhi e inizia a contare. È il segnale inconfondibile che determina l'inizio del nascondino, un gioco che ama moltissimo. La immagino sorridente con le manine sulla bocca quando, dal suo nascondiglio, sente la mia voce: «Ma dov'è Anna?». La gioia di farsi trovare è talmente grande che spesso non resiste e risponde: «*A qui...*». La felicità di essere ritrovati è seconda solo alla consapevolezza di essere cercati, forse perché nessuno di noi è davvero perso se sa che c'è qualcuno disposto a ritrovarlo.

131

Ad Anna piace giocare a basket, con il suo canestro in giardino facciamo grandi partite. Prima di tirare corre palleggiando, e al grido «Prendimi, papà» devo seguirla e ostacolarla, come nelle partite. Grandi risate fino al momento del tiro. Fuori. «Peccato» pensa l'ansia da prestazione che vive in me. «Quasi» urla la gioia che esplode in lei. «Dai, ancora, papà.» Come a dirmi: «La mia felicità è giocare con te, non fare canestro».

132

Con Anna, in auto, cantiamo a squarciagola le canzoni più diverse. In questo periodo la playlist preferita è quella del nuovo *Zecchino d'Oro*, e quando Anna sceglie una canzone la richiede all'infinito. La canzone è proprio carina e, nel momento in cui Anna urla il ritornello nel mio orecchio, diventa davvero potente: «Perché non scegli come nascere, semplicemente sei quello che sei». Ridiamo e mi piace pensare che, come dice la canzone, «è anche grazie a lei se la storia cambierà».

133

Ci sono piccoli gesti che, come stelle, brillano. Un invito a una festa, cosa mai scontata se una disabilità si mette in mezzo. Sentirsi invitati è, per ognuno di noi, energia vitale. Cecilia poi ci confida che ha preparato un gioco con oggetti che poteva indovinare anche la sua amica Anna. Altre piccole attenzioni che, come stelle, brillano silenziose... e più stelle formano costellazioni che indicano una via.

134

Scorro le notizie e il dito si ferma su un video.
Una bimba ucraina canta la canzone preferita
di Anna, che curiosa mi salta in braccio. Avrà
la sua età. Da dentro un bunker canta e dona
coraggio. Io non ho quel coraggio e veloce
passo oltre. «Papà, fermo. È bello» mi blocca.
Lo guardiamo insieme e, mentre Anna si
unisce al canto, non riesco a trattenere le
lacrime. Lei vede il bello, io solo il bellico.
Forse non abbiamo altro che il loro sguardo
per salvarci.

135

Non credo di essere l'unico a farlo, ma mi capita di fermarmi e di chiedermi: «Cos'è la felicità?». Non sono ancora riuscito a trovare una risposta soddisfacente, ma di sicuro siamo tutti molto impegnati a cercarla dimenticando che possiamo crearla. La felicità però è un po' come l'ombra, con la luce la possiamo fare agli altri, ma non riusciamo a farla a noi stessi. Ad Anna, che osserva sempre con stupore la sua ombra, tutto questo sembra molto chiaro e fa una cosa molto semplice: chiede di farle ombra.

136

Anna si sveglia e, come un viaggiatore, ripete le tappe della giornata. Non le elenca mai come scuola, sport, terapie, ma sempre con i nomi delle persone che la seguiranno nelle varie attività. È come se disegnasse un cerchio magico, che parte da casa e ritorna a casa, passa per gli incontri e trasforma le fatiche in felicità. Forse hanno ragione lei e Dino Basili: «Il viaggio perfetto è circolare. La gioia della partenza, la gioia del ritorno».

137

Abbiamo realizzato uno spettacolo dove Anna ha partecipato come aspirante ballerina. «Guardiamo verso l'alto per andare verso l'altro» era il messaggio che accompagnava la serata. La coreografia di chiusura invitava a guardare al cielo e il quadro finale che si presentava al pubblico era dipinto dalla grazia di Letizia, strepitosa ballerina di danza classica, sulle punte mentre guardava Anna che, sostenuta da altre due danzatrici, cercava il cielo. È Sandra, un'amica, a completare questo incanto sussurrandomi: «Possiamo arrivare tutti al cielo, abbiamo solo bisogno di qualcuno che ci faccia da esempio e altri che sorreggano i nostri sogni».

138

Da bambino li chiamavamo «i pensierini» e sfogliando il quaderno di Anna ritrovo, con emozione, questo distillato di poesia. Leggo: «Ho imparato lo spazio tra le parole» e rimango incantato. Non lo avevo mai trovato così cristallino. Spazi che donano alle parole, e a ognuno di noi, forza generatrice. Un po' come le pause per le note musicali. Spazi e pause che creano e che possiamo imparare. Spazio che non è sinonimo di distanza, ma che ci definisce e ci rigenera per creare vicinanza.

139

Come ogni anno, abbiamo fatto il presepio
e Anna ha chiesto: «Perché?». Ho raccontato
che Francesco si era inventato un modo
per ricordarci la nascita di Gesù.
«Ah, un disegno per compleanno!»,
le illumina il volto e inizia a riempire un
foglio di cuoricini e arcobaleni componendo
una delle sue opere artistiche colorate
che ama donare a chi compie gli anni.
«Fatto, aspettiamo.» Annuncio, dono e attesa,
proprio tutti gli ingredienti che generano
un incontro. Buon Natale.

140

Ammirando con Anna un suo disegno ci siamo soffermati a leggere i nostri nomi sotto a un arcobaleno. Le ho fatto notare come il suo nome si potesse leggere da destra o da sinistra. Con la meraviglia di chi scopre un tesoro ha esclamato: «Wow, bello! Anche tu, dai!». Non so bene cosa intendesse, ma mi piace pensare che fosse un invito e un augurio a vivere amore, aiuto, inclusione come bidirezionali: esistono solo se «letti» da una parte e dall'altra.

141

«Un bimbo mi ha detto che sono brutta» singhiozza Anna, ma il papà sfoderando il dito al cielo dice: «E allora sai cosa facciamo a tutti coloro che dicono le cose brutte?». Anna approfitta della goffa pausa teatrale e sorridendo conclude: «Sì, anch'io coloro chi dice le cose brutte. Come l'arcobaleno!». Tra i due qualcuno non aveva proprio capito niente, e non era Anna.

142

La luna danza con pianeti travestiti da stelle e
Anna incantata grida la sua meraviglia: «Wow,
come i maghi». «È proprio una magia»
rispondo io, non capendo nulla come sempre.
Si riferiva ai Magi, persone lontane che
seguono un'intuizione per cercare ciò che
forse manca nel loro tutto. «La seguiamo,
papà?» Già, perché non basta l'intuizione. Ci
vogliono movimento, fiducia e costanza per
generare un incontro.

143

Siamo andati a teatro. Un cacciatore di storie che ha stregato i bambini. «Ti piace?» chiedo ad Anna, rapita da parole chiare e pause colorate. «... È lento.» Mi sembrava un difetto, ma il tono e gli occhi incantati suggerivano bellezza, quasi una necessità. In un istante le storie narrate dagli schermi mi sono parse troppo veloci, e forse meritiamo tutti un po' di sana lentezza.

144

Per Anna il carnevale è gioia pura. Non
perché può travestirsi da ciò che vuole, quello
lo fa ogni giorno dell'anno, ma perché lo può
condividere con gli altri. Quell'essere una
principessa gentile ed elegante o una fatina
che esaudisce desideri è molto più vicino a ciò
che è realmente rispetto a ciò che vorrebbe
essere. Forse il carnevale di Anna è più sincero
di tutte le maschere che indosso nelle mie
giornate.

145

In auto, Anna scorge un arcobaleno che non avevo notato. «Guarda!» mi grida all'orecchio. «Wow...» rispondo distrattamente, con il fare di chi ha cose più importanti a cui pensare. «No, papà, rallenta. Ferma. Guarda. È bello.» Vorrei scrivere qualcosa di intelligente, ma c'è già tutto in quell'invito che riporterò nell'agenda delle mie giornate: rallenta, fermati e cerca bellezza.

LA FORZA DELLE PAROLE

146

Questo continuo pensiero di armarci sta condizionando anche la vita di tutti i giorni, perché noto in me una strana insofferenza nel dover difendermi dagli altri, ancor prima di ascoltare. Scrivo «armiamoci» per riflettere un po', ma arriva Anna a disinnescare il mio delirio. Legge a voce alta la parola e, con quella R che non riesce a pronunciare, genera la soluzione.

147

Istintivamente preferiamo l'unicità alla diversità, ma se ci pensiamo «unico» e «diverso» hanno lo stesso significato. Ti proponiamo un piccolo esperimento: la prossima volta che incontrerai, in qualsiasi contesto, la parola «diverso» prova a cambiarla nella tua mente in «unico». Accadrà una magia: la potenza generativa racchiusa nella «diversità» che ci circonda.

148

La vita con Anna e con la sua disabilità regala, tra le altre cose, una particolare attenzione all'utilizzo delle parole, che a volte, magari pronunciate con superficialità, possono veramente avere la capacità di ferire. Educarci l'un l'altro a un utilizzo più attento del vocabolario è certamente una buona notizia che possiamo praticare tutti, anche se spesso la tentazione di arrabbiarsi e di sottolineare con forza gli errori è molto forte. Allenarci alla pratica della gentilezza ci permette di ricordare non solo che le parole sono importanti, ma che le persone lo sono molto di più.

149

Ora più che mai, la parola di Anna è «insieme» e la sua soluzione, in questo tempo di pensieri e paure, è giocare. Non si accontenta di un semplice giocare insieme, la piccoletta pretende di giocare giocando. Forse ho semplicemente perso la confidenza con il gerundio e questo presente, che sembra infinito, mi invita a giocare un po' con le parole. Infinito presente accanto al gerundio sembrano una ricetta per la felicità: giocare giocando, amare amando, vivere vivendo...

150

Con Anna coloriamo disegni che raccontano i diritti dei bambini. Il numero 28 è un bimbo che studia. La piccola aprendo le manine esclama: «Scuola più». Anna si accorge che un velo di tristezza attraversa il mio viso. Rimedia con un bacino sulla guancia e mi sussurra: «Più scuola». Non capisco se invertire l'ordine delle parole è il suo modo di ricordarmi un diritto o di suggerire una soluzione, ma dobbiamo fare qualcosa subito, anche per il bimbo con disabilità che abbiamo colorato al numero 23.

151

In questo tempo di silenzio rumoroso torno a riflettere sull'importanza delle parole. Sento esperti usare parole con una superficialità che ferisce. C'è davvero bisogno di scegliere le parole e curare la modalità. Anna, quando non capisco cosa dice, si avvicina delicatamente al mio orecchio e, facendo un piccolo megafono con le manine, mi sussurra la parola. Usa il linguaggio degli innamorati che si raccontano l'amore a bassa voce.

152

Anna, come tutti i bimbi, sta imparando a dare un nome alle cose scoprendo nuove parole. Mai come ora la fatica dell'apprendere, forse perché amplificata dalla disabilità, mi suggerisce quanto preziose siano le parole e come diano forma al nostro pensiero. Le stesse parole che la escluderanno o che la faranno sentire accolta. Penso semplicemente che abbiamo tutti il diritto di imparare buone parole e il dovere di scegliere parole buone.

153

Ho ricevuto un pacco avvolto da un nastro adesivo bianco con una parola rossa ripetuta all'infinito: FRAGILE. Da piccolo giocavo con quel nastro tagliando le prime due lettere e attaccando poi sulla T-shirt quel che rimaneva: AGILE. Solo oggi capisco quanto sterile può essere ostentare un rassicurante aggettivo e quanto potente è suggerire un'azione: «*Handle with care*». Anche i pacchi lo sanno che esplicitare la fragilità attiva il prendersi cura.

154

I Beatles cantavano «*Help!*», ma anche Denis, un caro amico, suona e canta «Aiuto». È convinto che tutta la nostra umanità ruoti intorno a questa semplice parola. Quando mi parlò di un progetto artistico colorato dalla parola «aiuto», subito pensai a una richiesta. Il «Ti aiuto?» di Anna però ha cambiato la mia prospettiva, e quella non era neanche un'offerta, ma un punto di incontro. Ha ragione Denis: aiuto non è dare o avere, ma incontrarsi.

155

In cucina abbiamo una foto di Anna con i compagni di classe e spesso mi trovo a fissarla pensando a chi sarei io senza la scuola. Se in questo momento avessi i tre desideri del genio li donerei ai dirigenti, agli insegnanti e ai tecnici per trovare una soluzione. Aprire è importante perché la scuola è soprattutto in presenza e, prima di tutto, presenza. Come una bussola nella tempesta, la nostra Costituzione, nell'articolo 34, ci indica la rotta con la potenza delle parole: «La scuola è *aperta* a tutti».

156

Un'esperienza che fa stare bene come una coccola o un abbraccio, Anna la celebra illuminando gli occhi ed esclamando: «*Ancoa*». Una ripetizione infinita che sembra un capriccio. Dalle parole di Massimo Recalcati scopro che Jacques Lacan dedica un intero libro a quell'«ancora» e suggerisce che, in verità, è amore che chiede amore. «Ancora» significa che c'è dell'infinito nella domanda d'amore. «Ancora» significa che è nascosto amore, e tanto, in quel che chiamiamo capriccio.

157

Mi sono sempre chiesto se la parola è il contenuto o il contenitore. Anna mi suggerisce che è sicuramente un contenitore. Nel suo comunicare, infatti, con le poche parole tratte dal suo piccolo vocabolario di «annese», di contenuto ne ha da vendere. Però nella scelta di ogni singola parola e nella difficoltà di pronunciarla una cosa non manca mai: la cura. Proprio quella cura che ci invita a guardare dentro alle parole ricordandoci che la parola cura, cura la parola.

158

Al parco, Anna chiede: «Papà, cos'è *'aumore?*». Ecco, lo sapevo che sarebbe arrivato il momento delle domande importanti. «Ehm, dunque... Cos'è l'amore? Be', è quando ci si vuole bene. Quando ci facciamo le coccole, ci diamo i bacini. L'amore è...» Mi blocca, con quella tenerezza condita di pietà imparata dalla mamma: «... Papà, *'aumore* taglia *ebba*!». Sorride. «Proprio quello che volevo dire, questo rumore è un papà imbranato che racconta l'amore scambiandolo per un trattore che taglia l'erba.»

159

Anna per esprimere il suo più grande sentimento d'amore utilizza due parole. Le accompagna appoggiando la fronte a quella di mia moglie e, stringendola forte, sussurra: «Tanto amiche». Mi chiedo sempre come sia riuscita a scoprire la potenza di queste parole in un tempo dove sappiamo bene come chiedere amicizia dimenticando spesso ciò che l'amicizia chiede.

160

A volte la lentezza di Anna mi agita. È romantico scrivere di lentezza, ma meno piacevole inserirla negli incastri lavorativi e familiari quotidiani. Poi arriva l'estate, il tempo del riposo e del sano rallentare, ma le attività *lente* continuano a rendermi irrequieto... *Lente*, come ciò che ingrandisce e fa scoprire dettagli. *Lente*, come quella del cannocchiale per guardare lontano, per scrutare le distanze che ridimensionano i granelli di polvere che spesso chiamo problemi.

161

Con Anna giochiamo a «mamma casetta», un gioco antico come l'umanità, ma sempre nuovo come ogni bimbo che lo reinventa. Ogni volta rimango incantato dalle parole che battezzano oggetti, suggeriscono atteggiamenti e costruiscono la casetta. Una piccola palla si trasforma in una polpetta da cucinare, un mattoncino colorato in una spugna per pulire e uno strofinaccio diventa una copertina per coccolare e prendersi cura dell'altro. Parole ascoltate che creano azioni osservate e ricostruite. Le parole sono casa e quando le abitiamo diventano davvero nostre, sicure e accoglienti... per tutti.

162

Le maestre ci hanno consegnato la pagella, la «*fragella*», come la chiama Anna. Anzi, il «documento di valutazione», dove gli insegnanti esprimono un giudizio descrittivo. Molto meglio di un freddo numero, ma la pagella è l'inizio del nostro allenamento alla prestazione. Non è sbagliato, ma parallelamente dovremmo portare avanti un sano allenamento all'errore e al limite. Come spesso accade, nel reinventare i nomi i bimbi nascondono verità e bellezza. Abbiamo davvero bisogno della «*fragella*» per raccontare le nostre fragilità.

163

Ultimi giorni di scuola e Anna inizia a dare
cenni di stanchezza. Provo a incoraggiarla
sminuendo la difficoltà, ma lei esprime tutta la
fatica con un aggettivo nuovo per il suo
vocabolario: «difficile». Lo dice con una tale
intensità da donare a questa parola un valore
nuovo. «Che richiede notevole sforzo, abilità,
attenzione, applicazione mentale» leggo dal
dizionario. Mi ritrovo incantato
dall'adeguatezza delle sue parole e un po'
triste per tutte le volte che, con le altre
persone, ho sminuito una difficoltà piuttosto
di esaltarne l'impegno e la vicinanza.
Ma lei sorride suggerendomi che non è tardi,
posso farlo ora.

164

Per suggerire l'importanza e la potenza delle parole, chiedo ai bambini di pensare a una parola che li fa stare bene. Una bimba con grandi occhi un po' tristi mi fissa: «Io non ho parole che mi fanno stare bene». «Forse non le ricordi» le rispondo. «Posso dirtene una io?» Un movimento del capo mi autorizza ad avvicinarmi e a sussurrarle: «Sei preziosa». Gli occhi illuminati da un timido sorriso mi convincono che abbiamo tutti il diritto di sapere che siamo preziosi e abbiamo il dovere di dirlo.

165

Tra mille impegni, le richieste di attenzione di
Anna a volte diventano pesanti. «Anna, per
piacere, lasciami un attimo in pace» ho
sbuffato. Delusa, mi ha risposto: «Ma non è
pace!». In un istante mi ha riportato
all'importanza delle parole e a come maltratto
un concetto così prezioso come la pace che,
anche se singolare, funziona solo al plurale:
«Lasciami in pace non è pace».

166

Anna sta entrando nella fase del «cos'è?» e degli infiniti «perché?», un metodo semplice per arrivare in profondità delle cose. Sono le stesse domande che leggo negli occhi degli studenti quando nomino la parola «inclusione». Già sentita, ma forse un po' lontana, perché sembra riguardi gli altri. Allora chiedo di dirmi il contrario e il coraggioso di turno dice «esclusione». «Esatto» grido mentre sorridono, come a dire: «Okay, l'esclusione so cos'è», ma prima che finisca il vocio della festa concludo: «Adesso immaginate che gli esclusi siate voi».

167

Sfoglio il quaderno di Anna e mi lascio incantare da queste sue parole: «Sono felice quando mio papà gioca con me». Non me lo spiego, ma rimango rapito da quel «quando». Parla del tempo, ma è fuori dal tempo. Non capisco, ma il «con», poco più in là, completa quell'istante che profuma di eterno. Forse la felicità non è cosa, come, dove, ma si nasconde in un «quando con».

168

Osservando un bimbo malinconico, Anna scrive: «Il viso nel bambino è triste». Ho corretto quel «nel» in «del», ma poco più tardi il mio sguardo è stato rapito da una circolare che avevo sul tavolo: «Ministero dell'Istruzione e del Merito». Aveva ragione Anna, la tristezza era nel bimbo. Quante cose cambierebbero se quel «del» lo trasformassimo in «nel» restituendo al «merito» il suo significato più profondo.

169

Assorto nel sottolineare i miei appunti, Anna chiede: «Papà, cosa cerchi?». Mi incanto per una domanda tanto profonda. Con fare spazientito, imitando chi le vuole bene, mi prende la testa tra le mani: «Guardami. Cosa cerchi?». Balbetto un timido: «Amore?!». Sorride e scrive sul foglio «amore», facendo un grande cerchio intorno alla parola: «Anch'io cerchio amore». Come sempre non avevo capito nulla, ma spesso le profondità si raggiungono senza capire.

170

Le parole lente sono un regalo che non sempre riesco a concedermi, ma ci pensa Anna, con la fatica del suo leggere e scrivere, a donarmi sguardi nuovi. Prende i miei appunti e legge: «Ridiamo quel che abbiamo ricevuto». Con fare da maestrina sottolinea «ridiamo» e con un'allegra risata mi invita: «Dai, papà, ridiamo!». La guardo incantato. «Ridiamo e ridiamo», una sintesi perfetta per disegnare una vita felice.

171

Mi accorgo di utilizzare due frasi composte dalle stesse parole, ma che declino come domanda e affermazione. «Sei stata brava, Anna?» chiedo, quasi a pretendere un resoconto delle prestazioni attese. Poi passo a «Sei stata brava, Anna!», che vorrebbe incoraggiare, ma che invece profuma di valutazione. Un punto di domanda carico di aspettative e un punto esclamativo un po' giudicante che potrebbero essere sostituiti da un «Ti voglio bene» molto più efficace di qualsiasi punteggiatura.

AVERE RISPETTO

172

Come dice Ezio Bosso, grandissimo musicista, ci sono persone con una disabilità evidente in mezzo a tante persone con disabilità che non si vedono. Questo cambio di prospettiva ci regala un punto di vista illuminante: la disabilità non riguarda gli altri. Abbiamo tutti delle disabilità, a volte fisiche, a volte mentali e altre volte del cuore. Se lo teniamo a mente sarà più semplice ricordare che nessuno di noi è la propria disabilità, ma è una persona.

173

Ma tanto *loro* «sono sempre buoni e affettuosi...». Questo è uno dei classici stereotipi utilizzati per definire le persone con sindrome di Down, ma basterebbe passare qualche ora con Anna per capire che racchiuderla in un «loro» è un vero peccato. La logica del «loro» sparisce quando si lascia spazio al tu e io, al noi. La buona notizia è che funziona con tutti i «loro» che ci fanno paura. Provaci. ☺

174

Quando è nata Anna con i suoi occhi vagamente orientali, più di qualcuno, con grande amore, ci ha consolato dicendo: «Ma sai che non si nota... e poi è bellissima!». Quando racconto di quanto mi ha fatto soffrire la mia balbuzie, normalmente, con grande affetto, mi sento dire: «Ma sai che non si sente? Non me n'ero accorto». Tant'è che spesso mi sono trovato a pensare: «Ma chi vediamo quando guardiamo, chi ascoltiamo quando sentiamo?». Un bimbo invece chiede, te la fa notare quella differenza, e quella domanda merita sempre una risposta. La diversità esiste e, anche quando non siamo noi, racconta ciò che noi siamo. Impariamo ad abitare quella curiosità inventando nuovi modi di narrare le unicità che ci circondano.

175

«Siamo fatti di-versi, perché siamo poesia.» Il 21 marzo inizia la primavera, è la giornata mondiale della poesia ed è la giornata mondiale della sindrome di Down. La disabilità è una diversità evidente e spesso autorizza altri a prendere decisioni senza interpellare gli interessati. Oggi più che mai le persone con trisomia 21 ci ricordano che, come noi, vogliono decidere ciò che riguarda le loro vite.

176

Alla fine di un incontro è stata presentata la nostra famiglia al pubblico concludendo con «... e la piccola Anna». Tra gli applausi, Anna, un po' contrariata, tirando per la giacca il presentatore ha detto: «Io sono grande». Un gesto che ci fa sorridere, ma che nasconde i primi segnali di autodeterminazione che hanno tutti i bambini e che diamo per scontati in quasi tutti gli adulti. Dovrò tenerlo bene a mente perché «Io sono grande» me l'ha detto anche Giulio, trentacinque anni, con trisomia 21, quando si è sentito trattato da me come un bambino.

177

«Ho una nuova fidanzata» mi dice Ugo «eccoci», e facendomi vedere lo smartphone aggiunge: «... in versione normale». Rimango senza parole perché la foto che ho davanti è quella di due ragazzi con trisomia 21 ritoccata da un filtro che tenta di rimuovere gli occhi a mandorla. «Ma è una bugia... non siete voi» dico mentre penso: «Maledetta normalità». Abbiamo proprio bisogno di raccontarci le diversità per scoprire che siamo molto di più della nostra versione filtrata.

178

Spesso non capisco le parole di Anna e chiedo di ripeterle. Subito mi tappa la bocca con la manina. Sembra un gesto «sbagliato», forse suggerito dalle piccole-grandi frustrazioni che la difficoltà di parlare riserva. In realtà mi ricorda solo il diritto di essere ascoltati e sembra dire: «Papy, io posso migliorare la parola, ma tu puoi migliorare il tuo ascolto».

179

Da piccolo mi rimproveravano: «Fai una cosa e falla bene», poi zia Gabriella mi fece conoscere il motto di Murialdo: «Fare il bene e farlo bene». Oggi Anna sembra dirmi: «Fai le cose che ti fanno stare bene». Sono seduto al Sanga-bar, il bistrot dell'inclusione, e Sara, con quella cura che supera l'efficienza, mi porge un caffè sussurrandomi: «Mi fa bene lavorare». Mettendo a fuoco la vetrina dietro di lei sorrido e riconosco la frase. La mia gratitudine la completa: «Fare il bene e farlo bene fa bene».

180

Vi ho già raccontato di Sara, giovane barista che servendo un caffè mi disse: «Mi fa bene lavorare», ma non vi ho parlato di Marco, imprenditore che, con la tazzina in mano, sussurrò: «Anche a me ha fatto bene vederti lavorare». Incantato, pensai solo di avere assistito a qualcosa di circolare, e tutte le cose belle sono circolari: una giornata, un incontro, una canzone, il sorriso di Anna. È questo il messaggio della giornata mondiale della sindrome di Down: assumere una persona con trisomia 21 cambia la vita non solo al diretto interessato, ma può innescare un circolo virtuoso di nuove opportunità per tutti.

181

Una delle domande che mi fanno più spesso
è: cosa ti auguri per Anna? Io rispondo
dicendo che spero incontri persone che
riconoscano Anna, oltre alla sua disabilità. In
questi giorni ho avuto la fortuna di passare
del tempo con alcuni ragazzi delle scuole di
Cagliari che, con le loro sane domande e il
loro fresco entusiasmo, mi hanno regalato
gemme di fiducia: lasceremo il mondo, e
Anna, in buone mani.

182

Con Anna abbiamo fatto colazione al bar dove lavora Giulia, una ragazza con la sindrome di Down. Ci ha accolti con un sorriso che bucava la mascherina sussurrando: «Ora non posso parlare, sto lavorando». Nascosto dalla tazzina, la osservo e rimango incantato dallo stupore contenuto di alcuni clienti. «Ma allora lavorano?» sembrano chiedersi, un pensiero che Giulia ricambia con il pollice alzato, quasi a dire: «E più ci assumete, più ci assumeranno».

183

Pochi giorni fa è stata la giornata mondiale dei diritti dell'infanzia. Far disegnare ai bambini i propri diritti è sempre un'attività potente e così ho mostrato ad Anna qualche immagine. Un bimbo con la palla che rappresentava il diritto a giocare, una bimba alla finestra che ricordava il diritto a una casa. Per tutte le foto presentate la domanda di Anna era sempre la stessa: «Come si chiama?». In sole tre parole mi aveva ricordato il diritto al nome e sintetizzato quello che, in quasi due ore, racconto nei miei spettacoli: la persona prima di tutto.

184

Quando parlo di Anna, in molti si sentono in dovere di raccontare quanto siano dolci e simpatiche le persone con sindrome di Down. È una bella condivisione, ma non mi ha mai convinto fino in fondo. È stato un bimbo, mentre la maestra tesseva le lodi di una sua alunna, a farmi capire perché. «Conosco un ragazzo con Down proprio antipatico» mi sussurrò. Sorrisi per quel «con», pensando che, se concediamo l'antipatia a qualcuno, è già una persona.

185

Le risate, come le parole, possono donare gioia o ferire. Quando Anna dice qualcosa di buffo o involontariamente divertente capita di ridere con grande affetto. Spesso però, davanti a quel sorriso, un velo di tristezza spegne gli occhi di Anna, forse per il ricordo di qualche presa in giro. È la maledetta dinamica del bullismo, che inquina anche i gesti più belli. Ma c'è un piccolo trucco per capire se è una buona risata: raccontarla per condividerla dove il sorriso ricambiato sarà la vera risposta. Tutti desideriamo trasformare un «ridere *di* me» in un «ridere *con* me».

186

Oggi è il primo giorno di primavera e gli alberi scrivono poesie. Forse per questo si festeggia la giornata mondiale della poesia. Oggi è anche la giornata mondiale della sindrome di Down. La natura ci ricorda la potenza della fragilità. La poesia ci racconta la bellezza della diversità. Le persone con un cromosoma in più ci chiedono solo di non nasconderci dietro a ridicole scuse, ma di riconoscerle come persone.

187

A volte capita di alzare la voce e Anna,
confondendo quel tono con un litigio, chiede:
«Perché litigate?». Sembra una domanda
ingenua spesso liquidata con un sorriso, ma è
lo specchio di tutte le domande, a volte senza
voce, che sempre dimorano nei bimbi. Quante
altre immagini e notizie generano domande
che meritano risposte. Non perché siamo
buoni, ma perché è un diritto sancito anche
dalla Convenzione sui diritti dell'infanzia: il
diritto a esprimere la propria opinione e a
essere informati.

188

In un incontro nelle scuole, davanti alla foto di Anna, un ragazzino ha esclamato: «Poverina!». La parola, forse non sua, meritava un approfondimento. Ho chiesto il nome e ho continuato: «Perché hai gli occhiali?». Meravigliato, ha risposto: «Perché non ci vedo bene». Con un po' di coraggio ho urlato: «Poverino, non ci vede», e strizzando l'occhio ho sussurrato: «Scusa, Luca, è per far capire». Il suo sorriso grato e il silenzio dei compagni mi hanno rincuorato: nessuno vuole sentirsi dire «poverino».

189

Quando Anna incontra qualcuno chiede
sempre: «Come ti chiami?». Ci penso perché
io invece mi presento col mio nome. Noto la
potenza del metodo Anna nell'incontrare e ho
voluto provarlo durante un'intervista: «Come
ti chiami?». «Wow, è la ventesima intervista
oggi e nessuno mi ha mai chiesto come mi
chiamo. Bello!» Ha ragione Anna, tutti
amiamo sentirci chiamare per nome.

190

Anna con i suoi «Anch'io voglio!» sottolinea con forza il desiderio di sentirsi «libera di compiere le proprie scelte». Non le basta essere inclusa, ma vuole provare, suggerire e «partecipare in maniera piena ed effettiva» a tutte le attività. Se poi la chiami con qualche appellativo, anche affettuoso, puntualizza sempre: «Mi chiamo Anna!», per ricordare l'importanza della «propria identità». Ho appena elencato i principi generali della Convenzione sui diritti delle persone con disabilità, che festeggiamo il 3 dicembre. L'aspetto davvero potente è che queste parole funzionano alla perfezione anche sostituendo Anna con il nostro nome, suggerendo che i diritti delle persone con disabilità non sono mai «cose che riguardano gli altri».

191

La buona notizia di oggi è nascosta tra le parole che Francesca, sorella di Anna, ha condiviso dal palco del «G7 Inclusione e Disabilità» di Assisi: «E, vi prego, non scappate se i vostri figli, i vostri nipoti, hanno domande e dubbi sul perché un loro compagno non riesce a camminare, a leggere o a mangiare come loro. Date loro gli strumenti per capire, per incontrare e loro, con la fantasia che li contraddistingue, troveranno nuove e affascinanti vie per includere e per stare tutti assieme».

192

Poter scegliere il vestito, per Anna è importante: dice che vuole essere «elegante». Una parola che, nella sua etimologia, scopro voler dire «che sa scegliere». Anna vuole scegliere e contare nelle decisioni che la riguardano. Non sempre riconosco questa «eleganza» quando si nasconde dietro a una disabilità, ma c'è un promemoria prezioso: «Nessuna decisione senza di noi».

193

Mi sento dire «Che bravo papà...» e appare un sottotitolo trasparente che recita «... con una bimba così». Un complimento in bilico tra ammirazione e distacco che faccio anch'io quando incontro genitori e figli con disabilità.

Guardo Anna e tutti i figli, anche con disabilità nascoste, e penso: «Che bravi loro a sopportare velocità e aspettative esagerate con una fatica spesso sorridente». Un sorriso che sussurra: «Che bravo, papà».

194

Anna prova a versarsi dell'acqua: «Mi aiuti? Voglio fare da sola». Incantato da questo meraviglioso ossimoro dell'autonomia resisto alla tentazione di fare io. Avvicino le mani come un pompiere che stende il telo di salvataggio e spera di non usarlo. Faccio pace con qualche goccia che non centra il bicchiere e sorrido... Ognuno di noi vuole essere autonomo, ma per essere davvero autonomi abbiamo bisogno degli altri.

195

Mi scopro spesso a bloccare e interpretare
interventi di Anna sempre più desiderosi di
partecipazione con un «Voleva dire che...».
Ultimamente però mi risuonano le parole di
Federica: «È vero, ho una disabilità, ma se
qualcuno parlasse sempre al tuo posto, come
ti sentiresti? Non ti piacerebbe, vero? Be', non
piace neanche a me». Forse dovrei convertire
il mio «interpretare» in un più sano «mediare»
che mette in relazione.

LANCIARE SFIDE

196

Quando Anna sente il vento giocare con i suoi capelli non cerca riparo, ma apre le piccole braccia e immagina grandi ali. Il vento è solo un movimento di equilibrio da una zona di alta pressione verso una zona di bassa pressione, quasi un difensore dell'uguaglianza. De André cantava che non possiamo fermarlo, gli faremmo solo perdere tempo. Forse ha ragione Anna, davanti a questo vento proviamo ad aprire le braccia e a immaginare grandi progetti.

197

Anna è tornata dalla montagna con un
bastone. Incisa sul legno una pacifica e
sorridente tartaruga per ricordare, più a noi
che a lei, che piano piano si arriva ovunque.
Buoni propositi, ma un po' irritanti per chi,
come me, va di corsa. Eppure la natura
realizza tutto senza fretta e Anna non perde
occasione per ricordarmelo alzando la manina
con il suo deciso «Calma, calma». ☺

198

Da qualche giorno Anna ha deciso di provare a guardare anche i cartoni animati che la terrorizzavano. «Papà, tu qui e luce.» Pochi semplici ingredienti per cercare di affrontare le proprie paure: qualcuno al fianco, una luce accesa e guardare in faccia la paura senza negarla. Non ci pensiamo, ma a volte basta davvero poco per farsi trovare al fianco cercando di tenere accesa una luce, magari colorata di fiducia, e trasformare la paura in coraggio.

199

Negli ultimi tempi Anna, dopo una corsa, un esercizio di ginnastica o le prime lettere scritte con la matita, si blocca e borbotta: «Uh, fatica». Accompagna con il gesto teatrale della mano che asciuga la fronte questa sensazione che abbiamo provato tutti fin dal primo respiro, ma che ora riconosce molto bene. C'è sempre la tentazione di risparmiarle qualche fatica, ma forse, come dice Ruskin, non è importante ciò che si raggiunge, ma ciò che si diventa grazie alla fatica.

200

Qualsiasi sia il limite che noi genitori diamo, Anna prova sempre ad andare oltre. Nulla di strano, è il lavoro di ogni bimbo inoltrarsi nel regno dei capricci per trovare ed esplorare il confine. Mi sono sempre chiesto se il confine è mio o suo, ma cercando l'etimologia ho scoperto che «con-finis» è avere la fine in comune. Ancora lui, il luogo dove insieme sperimentiamo la nostra finitezza, la nostra debolezza, proprio quel limite dove si nasconde l'occasione dell'incontro.

201

Anna al mattino controlla il cartellone «La settimana di Anna». Con il ditino scorre le attività della giornata e chiede: «... E poi?». Ho sempre pensato che fosse una domanda dettata dallo spirito organizzativo ereditato dalla madre, ma l'amica Nicole Orlando, campionessa paralimpica, mi ha illuminato spiegando che anche lei cerca sempre il *poi*, semplicemente perché vuole scoprire cosa c'è oltre i propri limiti.

202

Anna celebra le sue piccole, grandi imprese sussurrando un delicato e potente «Ce l'ho fatta!». Non c'è traccia dell'efficienza che tutti rincorriamo e, quando accade, sorrido pensando a quante volte ho scelto un veloce e sterile «Faccio io» invece di un lento e fecondo «Provaci».

203

Cara Anna, per questo tuo primo giorno di
scuola primaria chiediamo aiuto all'amico
Gianni Rodari. Perché siamo noi i più
emozionati e forse ci sentiamo un po'
inadeguati. Tu, invece, «fa' la punta alla matita
e corri a scrivere la tua vita. Scrivi bene, senza
fretta, ogni giorno una paginetta. Scrivi parole
diritte e chiare: amore, lottare, lavorare».

204

Davanti a certe domande, gli occhi incantati di Anna generano un piccolo sorriso. Le mani, in equilibrio tra resa e scuse, si aprono e la bocca recita la potente formula «Non lo so». La risposta sembra banale, ma forse nasconde tracce di saggezza. Sconfiggere l'ansia da prestazione di dover sempre dare risposte giuste o fornire soluzioni brillanti è una battaglia che mi trovo a combattere ogni giorno. In questo tempo di sapere polarizzato mi ispirano particolare fiducia le persone che hanno il coraggio di dire «Non lo so».

205

Come con le bolle di sapone, Anna genera e fa volare intorno a sé milioni di domande e quella che preferisce è una sola: «Perché?». Rodari ha dedicato un libro a questa semplice domanda. Partendo da qualsiasi frase che ci riguarda, basta una mezza dozzina di «perché?» richiesti da un bimbo per arrivare a profondità della nostra vita raramente esplorate. Domande che meritano tutta la nostra attenzione anche quando non conosciamo la risposta. Spesso non abbiamo bisogno di risposte, ma solo di qualcuno che ascolti con occhi incantati le nostre domande.

206

A volte, con un lampo di sfida negli occhi, mi viene chiesto di trovare le buone notizie in episodi gravi e dolorosi dove è davvero difficile riconoscerle. Sono sempre in imbarazzo nel trovare una risposta perché in realtà non riesco a coglierla neanche davanti a ingenue risatine di qualche bimbo per la diversità di Anna. Non sarà che cerchiamo le buone notizie nel posto sbagliato? Un po' come cercare di vedere le stelle guardandoci i piedi. Anna però mi ha suggerito che mi sbagliavo, indicandomi una stella proprio con il suo piedino. È bastato cambiare il mio guardare raccogliendo l'invito di sdraiarsi sul prato insieme a lei.

207

Durante l'estate Anna ha frequentato con grande gioia un centro estivo. Ho ammirato con gratitudine i riflessi di inclusione che coglievo nei suoi occhi all'uscita, immaginando tutto naturale e poetico. Osservando Elisa e il suo staff, però, ho scoperto una dinamica fatta di tentativi, cambi, fatiche e cura che si trasforma nella creatività di chi sa osservare e ascoltare. Un suggerire ai bimbi come lo stare insieme nelle diversità richieda un po' di fatica e fantasia, proprio come tutte le cose belle della vita.

208

È iniziata la scuola con sorrisi a vista e senza mascherina, con timidi ma potenti abbracci senza distanziamento e con un autunno che assomiglia più a una primavera da quanto colore e vita scoppietta tra i ragazzi. Anche Anna esprime la gioia del ritrovarsi «Anna felice. Maestre, amici». Ma è bastato il primo giorno per sentirle pronunciare: «Papà, fatica». Gioia e fatica che si completano e che non possono essere delegate. Sorrido osservando Anna entrare a scuola e ricordo le parole di Massimo Recalcati: «La fatica e la gioia della scuola sono i fondamenti primi di ogni processo di formazione».

209

Con la ripresa della scuola la salita delle «cose nuove» è dura per tutti, ma può diventare molto faticosa per chi porta sulle spalle uno zaino a forma di cromosoma. Anna ha iniziato a difendersi dietro uno scudo a forma di «No». Fase oppositiva, direbbero gli esperti, ma in realtà è una reazione che conosciamo tutti quando non vogliamo sbattere contro delusioni e umiliazioni. Con le maestre abbiamo deciso di suggerire la trasformazione di quel «No» in una domanda: «Mi aiuti?». La fatica e lo zaino sono rimasti pesanti, ma quell'«insieme» cambia tutto, anche gli occhi e il sorriso di Anna.

210

Al mattino, andando a scuola, cantiamo, e proprio in una canzone imparata in classe Anna ha incontrato la parola «coraggio». Il significato invece lo scopriamo insieme giorno dopo giorno. Quando la paura di affrontare nuovi impegni spaventa, più me che lei, ci diciamo «Coraggio». Anna, da vera motivatrice, lo fa con i pugni chiusi e i denti stretti. Io, come un don Abbondio qualsiasi, sorrido e penso: «Sì, ma se uno non ce l'ha, mica se lo può dare», realizzando che il coraggio è come la felicità: funziona solo se donato a vicenda.

211

La maestra ci racconta che Anna, non senza difficoltà e con grande emozione, ha esposto alla classe la trama di un libro letto. Un compito carico di impegno, agitazione e «*malepancia*» (come dice lei), concluso con un applauso dei compagni. «Fatica, ma Anna felice!» mi ha detto ricordando l'esperienza e suggerendomi che facilità non fa rima con felicità.

212

Dopo un primo periodo di conoscenza, Anna è pronta a pronunciare la Promessa Scout. Osservo sempre come la disabilità intellettiva, con il suo carico di fatica, permetta di cogliere al rallentatore dinamiche che ci riguardano tutti, ma che scorrono veloci. Il significato di «promessa» sembra semplice, ma come tutte le cose importanti, il modo migliore per capirle è viverle. Dopo i miei goffi tentativi, Anna mi ha tranquillizzato con un distillato di ciò che conta: «Papà, prometti coccole?».

213

Facendo i compiti con Anna è evidente come un pensiero astratto, per sostenere un ragionamento, risulti molto difficoltoso in chi ha una disabilità intellettiva. Anna, per capire le cose in profondità, ha bisogno di vedere, di toccare... e soprattutto di presenza. Mi accorgo invece di come la mia capacità di astrarre e sentenziare, che tanto mi fa sentire intelligente, doni quella strana vertigine di aver capito. La verità è che ambiti come amore, amicizia e inclusione hanno bisogno di vedere, di toccare... e soprattutto di presenza.

214

Oggi le buone notizie le scrive direttamente Anna. Le andiamo a cercare nel suo quaderno, in un tema svolto a scuola che forse nasconde un piccolo ma prezioso suggerimento per scoprire dove si nasconde la felicità: «Il papà dice che quando fa lo spettacolo fa fatica, suda e parla tanto, ma poi è felice. Io faccio fatica a ginnastica, a pallavolo e a scuola, però alla fine sono felice».

215

«Fare del mio meglio» sussurra Anna davanti
a ciò che non riesce a fare. Una frase che
riconosco diventata sua nella fatica di
imparare poesie e promesse a memoria. Non è
solo un ricordo, è memoria da custodire che fa
risuonare in me le parole di Lia Levi: «Il
ricordo si deve trasformare in memoria.
Memoria è quando i ricordi sono diventati
mattoncini del nostro oggi».

216

Osservo da lontano Anna che discute con due bimbi più piccoli che si atteggiano a bulletti in erba. Vorrei intervenire, ma resisto. Anna conclude con il ditino alzato. «Tutto bene?» le chiedo. «Ha detto cosa brutta, ma è buono.» Con un po' di rabbia mista ad ammirazione contemplo quella dinamica che tanto predico, ma che non riesco ad applicare: riconoscere il chi dal cosa.

217

Quando Anna incontra una persona con una disabilità o diversità, un po' intimorita mi sussurra: «È un po' "strano"...», evidenziando l'infinita battaglia che ognuno di noi combatte davanti allo stupore di chi per noi è «straniero». Sorrido e le chiedo: «E tu non sei strana?». Lei risponde sempre: «No, io sono Anna», suggerendomi la formula per superare la paura: chiamarci per nome.

218

Passeggiando in montagna, Anna si blocca appoggiando le mani sulle ginocchia e con un fiatone hollywoodiano sospira: «Che fatica la discesa». L'antipatico professorino che vive in me non resiste e la corregge: «Che fatica la salita». Voltandosi verso valle mi indica con le mani tese la discesa con il fare di un noto TikToker. Sorrido perché effettivamente le salite della vita sono punti di vista uniti da un centro che salva. Un fulcro da allenare e insegnare ai nostri figli: la buona fatica.

219

Ogni sera si svolge la delicata battaglia di Anna tra il desiderio di sentirsi grande e la paura di crescere. È affascinata dalla bellezza dell'autonomia, ma alla domanda «Perché non vuoi dormire nel tuo letto?» la risposta, profonda come il mare, è sempre la stessa: «Perché non voglio rimanere sola». È difficile ribattere, perché la paura che risuona nelle nostre profondità non è di crescere, ma di rimanere soli.

220

Con «Non voglio…», Anna esprime la fatica di non sentirsi inclusi. Ogni genitore si trova a fare i conti con l'istinto di risparmiare difficoltà e umiliazioni ai propri figli. Forse però è solo la prima parte della richiesta: «Non voglio… sentirmi sola», e così ci si trova a inventare una «PresenzAssenza» che non risparmia la tempesta, ma si fida che la potrà attraversare.

BASTA UN SORRISO

221

Lo sguardo è, quasi sempre, il nostro primo contatto con l'altro. E talvolta, quando incontri una persona con una disabilità, lo sguardo è imbarazzato. Anna, con i suoi occhi a mandorla, è una «piccola generatrice di imbarazzo». La buona notizia è che c'è un piccolissimo gesto che possiamo fare tutti per cambiare lo sguardo, per rimanere qualche istante in più in quella zona di imbarazzo senza scappare e trasformarla in incontro: il sorriso. Provaci!

222

Quando vado nelle scuole primarie a
raccontare di Anna mi piace sfidare i bimbi
chiedendo: «Ora scegliete una buona notizia
e raccontatela, ma dovete inventare un nuovo
modo per raccontarla... con un urlo, un
disegno, un balletto, una canzone». Lo
sguardo, in equilibrio tra entusiasmo e
smarrimento, punta verso l'alto e, per i più
intraprendenti, un ditino copre un piccolo
sorriso che annuncia bellezza. È proprio il
sorriso che hai in questo momento...
Racconta, dai. ☺

223

Mi dicono: «Quando racconti di Anna ti illumini». Poi qualcuno mi rimprovera: «A sentirti parlare sembra quasi che ti auguri la trisomia 21». Io rispondo che sorrido con Anna, della disabilità ne farei volentieri a meno. Ma la vita se ne frega di quel che penso. La verità è che davanti alla stanchezza delle battaglie che ognuno deve affrontare si nasconde la pericolosa dinamica del «si salvi chi può». Credo che, se proviamo a resistere alla tentazione, anche un sorriso o una buona notizia possono aiutarci a trasformarla in azione: «Sì, chi può salvi».

224

Quando Anna vede una gonna non resiste e chiede a chi la indossa di girare per fare la ruota. Chi si concede questa piccola leggerezza ritrova, come per magia, un sorriso a illuminare il suo volto. Anna è la nostra piccola «stalker del sorriso». Sorride, a volte con insistenza, solo per ricevere un sorriso. È l'inizio di un nuovo anno e forse in cima alla lista dei buoni propositi basterebbe aggiungere un piccolo sorriso, che non basta, ma aiuta.

225

Dopo questa pausa ci ritroviamo con alcuni sentimenti un po' indolenziti. Osservare la natura è un buon esercizio per risvegliarli: la speranza nello sbocciare di un fiore, l'umiltà davanti al mare o la fiducia in un becco aperto dentro al nido. C'è una cosa però che non troveremo mai nella natura, ma che possiamo scoprire solo incontrando altre persone: la gioia di un sorriso. Funziona anche dietro la mascherina e chi ti incontra se ne accorgerà.

226

Anna ama volare sull'altalena. La paura, la gioia di vincerla, la delusione di rallentare e il desiderio di farsi aiutare con una spinta per andare sempre più in alto le illuminano il volto con un sorriso che chiede «Non ti fermare». Una giovanissima ragazza mi scrive: «Penso che le tue parole, cariche di energia e sincerità, possano essere come la spinta quando da piccoli, con un po' di timore, andavamo sull'altalena». Ci chiedono parole cariche e sincere come spinte per vincere le paure. Ora sono io, con il volto illuminato da un sorriso, a chiedere a te «Non ti fermare».

227

Spesso nelle scuole racconto la bellezza della nostra diversità. Un giorno, un bimbo, occhi profondi come il mare, mi disse: «Mamma dice che siamo tutti uguali, ora arrivi tu e mi dici che siamo tutti diversi. Mettetevi d'accordo». Risposi: «Proprio come me e te, uguali davanti ai diritti e ai doveri, ma diversi e unici davanti agli altri». Mi sorrise alzando il pollice.

228

Educatori e genitori sanno bene quanto sia difficile donare preziosi «no». A volte anche un piccolo ed esuberante esploratore di confini riesce a toglierci il sorriso. Anna sa bene come trasformare quella curva della bocca, forse perché riconosce la forma dell'arcobaleno e la colora con un potente «*la 'cusa*». Nel mio parlare farcito di «scuse», ma sprovvisto di «scusa», quell'articolo determinativo è liberatorio, e sorrido alla felicità fatta di meno «scuse» e più «*la 'cusa*».

229

A proposito di figli, Gibran scriveva: «Potete dar loro il vostro amore, ma non le vostre idee». Può sembrare strano, soprattutto a me stesso, ma questo vale anche con Anna quando idee e amore si scontrano lasciando volti imbronciati. A volte mi illudo che un papà arrabbiato possa essere educativo, ma per fortuna vengo aiutato da Anna, che puntando le piccole dita sulle mie labbra le porta verso l'alto, come a dire: «Okay, ma ora sorridi».

230

Anna, con un sorriso incorniciato da una
mascherina finita sotto il mento, si è
avvicinata a un bambino ed è stata
giustamente ripresa dalla mamma. Avevano
tutti ragione: Anna, mamma e bimbo. È il
nostro tempo a essere complicato, ma in quel
momento mi sono accorto che c'è
un'emergenza sorrisi. Ci sono bimbi che
hanno visto tanti occhi e pochissimi sorrisi.
Distribuiamoli a distanza, in sicurezza, ma
non dimentichiamo mai di sorridere.

231

Come tutti i bambini, anche con Anna giochiamo a interpretare le favole. «Facciamo che io ero Pollicino e tu eri una principessa» la invito utilizzando quel tempo inventato, quel verbo per giocare, figlio del «C'era una volta», come direbbe Rodari. Anna, però, ogni volta mi corregge: «Io sono una principessa, *no* ero». Come se il qui e ora contasse più di ogni sogno passato o desiderio futuro. Sorrido pensando che a volte ci aspettiamo una vita da favola, ma spesso è la favola che ci aspetta nella vita.

232

Ad Anna non sfugge mai uno sguardo triste
o un sospiro profondo di una persona
che ha davanti e subito chiede: «Tutto bene?».
Non è una richiesta di cortesia, ma assomiglia
più a una potente urgenza di esplicitare
quanto il suo stare bene sia legato allo stare
bene degli altri. Le invidio questa sana
urgenza che ho sepolto chissà dove,
ma le sono grato per ricordarmela
quando sorride al mio «Sì, tutto bene!».

233

Accompagno Anna a scuola in bicicletta. Una corsa fatta di ritardi, canzoni, slalom tra auto in colonna e volti preoccupati al volante. Ricevo un messaggio sui social: «Ciao, credo di averti appena fatto attraversare la strada mentre eri in bici. Ho riconosciuto Anna che, seduta dietro, mi ha salutato». Chissà quante cose combina Anna sul seggiolino mentre io pedalo, ho pensato. Nuovo messaggio: «Quel salutare gioioso di Anna con la manina mi ha cambiato la giornata e ancora sorrido al pensiero». La potenza di un semplice saluto è alla portata di tutti e forse salutare è proprio salutare.

234

Nello studio della mamma di Anna ci sono
tre cassetti con tre post-it attaccati:
«Felicità», «Rabbia e tristezza», «Desideri».
Il biglietto del cassetto della felicità era
caduto e Anna ha subito provato a rimetterlo
a posto, ma non rimaneva attaccato. Ci ha
pensato un po', per poi incastrarlo in una
piccola crepa del cassetto. «Ecco!» ha
esclamato sorridente, quasi a ricordarmi che
la felicità a volte scivola via se rimane ferma e
che per rialzarla possiamo appoggiarci anche
a qualche piccola imperfezione.

235

Incontro studenti nelle scuole che accendono i loro occhi curiosi quando racconto di Anna e delle mie fragilità. Una mamma ci invia il tema di Anna, dieci anni, che dopo il nostro evento scrive: «La diversità, anche se non sembra, è sempre una fonte d'arricchimento. Ho capito che unico e diverso hanno lo stesso significato». Sorrido con Anna e al futuro che disegneranno.

236

Anna mi prende il viso tra le sue mani e
orienta il mio sguardo verso di lei, occhi negli
occhi. Sembra solo un gioco, ma mai come in
questo istante mi accorgo di quanto
importanti siano i nostri sguardi. Quanti
sguardi distribuiamo, a volte sguardi
sfuggenti, altre volte sguardi che non
guardano o ancora sguardi che giudicano.
Mentre provo a scrivere qualcosa di
intelligente, Anna mi riprende ancora il viso
tra le manine e rende tutto più semplice: «Io ti
guardo, tu mi guardi, io ti sorrido, tu mi
sorridi e capisco che sei qui con me».

237

Negli ultimi tempi Anna mi chiede: «Sei contento?». Lo fa quando mi vede stanco o preoccupato. È spiazzante, perché è una domanda semplice e potente che, in un istante, mette ordine nelle priorità. Lei con occhi attenti e curiosi attende una risposta e a volte sorride. Non lo fa per suggerirmi cosa dire, ma forse per indicarmi dove posso cercare per trovare la risposta. «Sì, sono contento» rispondo. «Anch'io contenta» mi dice asciugandosi la fronte per lo scampato pericolo e per ricordarmi quanto sono collegate le felicità di tutti noi.

238

Guardo un cartone con Anna e dico: «Quello è cattivo». Lei mi corregge: «No, è solo un po' arrabbiato». Il mio povero giudizio, che non lascia scampo, si scioglie davanti a quella semplice intuizione che salva la persona. Al lieto fine, Anna si compiace: «Hanno vinto i gentili». Sorrido a un mondo senza buoni e cattivi, ma persone solo un po' arrabbiate, dove vincono i gentili.

239

Quando Anna ci vede seri, dopo un rimprovero o semplicemente perché siamo stanchi, non tarda a chiedere: «... E il sorriso?». Se la nostra risposta è un sorriso, Anna finge di asciugarsi il sudore sulla fronte esclamando: «*Fiuuu!* Meno male!». È un promemoria molto potente perché, qualsiasi cosa accada, ci ricorda l'importanza del nostro sorriso, soprattutto quando manca.

240

Anche a primavera inoltrata Anna vuole cantare canzoni di Natale. Quando le chiedo spiegazioni circa quella richiesta così inopportuna e fuori tempo lei risponde: «Natale è bello e sto bene». Sorrido e penso a quante cose non faccio e a quante parole non dico solo perché le ritengo fuori luogo e fuori tempo, ma che potrebbero essere solo belle e fare semplicemente bene.

241

Al parco, Anna invita bambini: «Ciao, giochiamo?». «Ma tu hai gli occhi storti!» le risponde una bimba. Non c'è malizia, solo una sana curiosità davanti a una diversità che merita parole adulte per capire. «Ma che dici? La bocca è storta!» risponde Anna indicando il sorriso e confermando che è l'unica curva che raddrizza tutto.

242

Insisto molto sul semplice, ma vitale, concetto che «siamo tutti persone». Forse però ho un po' esagerato perché ultimamente Anna, per attirare l'attenzione di chi non conosce, chiede: «Ehi, scusa, persona, come ti chiami?». Fa sorridere, ma il sorriso aiuta l'incontro e la dinamica, anche se ci suona buffa, è potente: ancora prima di conoscere il tuo nome, sei una persona.

243

Elisa, la maestra di nuoto, ha fatto ad Anna un grande regalo: la divertente confidenza con l'acqua. Una gita di famiglia è l'occasione per condividere questa gioia con la sorella e, dopo tuffi, spruzzi e nuotate, la domanda di Anna è sempre la stessa: «Ti sei divertita?». Sorrido osservando i grandi miglioramenti nello stile di Anna e l'orgoglioso genitore che vive in me, inquinato dall'ansia da prestazione che invade ogni pensiero, grida: «Sei bravissima, dobbiamo fare le gare!». Anna, con la semplicità che spazza il superfluo, mi riporta all'essenziale: «E perché?».

244

Con Anna facciamo un gioco: occhi negli
occhi ci diciamo «Ti voglio bene!» e chi non
ride vince. Perdiamo entrambi perché non è
un ridere per un'espressione buffa, ma è quel
sorriso che illumina il volto quando senti
parole che ti riguardano. Oggi è la giornata
mondiale delle persone con disabilità e ogni
volta mi chiedo se è davvero necessario
istituire una giornata mondiale... Poi penso al
gioco con Anna e dico: «Sì abbiamo bisogno
di sentire che ci riguarda, magari
riconoscendo quel sorriso».

245

Sorrido mentre osservo Anna, con la medaglia al collo vinta a ginnastica, che disegna le sue paure con nuvole nere e la sua gioia a forma di arcobaleno. Io invece sto preparando una conferenza e mi accorgo di «lustrare» le mie medaglie elencando i premi che ho vinto. Forse ha ragione lei: per incontrare dovrei cambiare il lustrare le mie medaglie in illustrare le mie emozioni.

GRAFICA VENETA
GV CARBON NEUTRAL

Questo libro è stampato fabbricato da Grafica Veneta S.p.A.
con un processo di stampa e rilegatura certificato 100% carbon neutral
in accordo con PAS 2060 BSI

Finito di stampare nel mese di settembre 2025
per conto di RCS MediaGroup S.p.A.,
da Grafica Veneta S.p.A., via Malcanton 2, Trebaseleghe (Padova)
Printed in Italy